兩只指環的愛情

大洋洲華文微型小說選・紐西蘭篇

凌鼎年——編

代序　心有母語情結的大洋洲華人作家

凌鼎年

二〇一〇年二月，我與《人民文學》的冰峰應大洋洲華文作家協會會長冼錦燕太平紳士、副會長何與懷博士、副會長洪丕柱教授的邀請，赴新西蘭第一大城市奧克蘭參加了大洋洲華文作家協會第三次會員大會暨「華文文學如何反映和諧與全球氣候變化」研討會。

應該講，這是一次愉快的文學之旅，在抵達奧克蘭當天的歡迎晚宴上，我、冰峰與中國駐奧克蘭總領事館龍豔萍領事、新西蘭工黨領袖菲爾・戈夫、奧克蘭市長約翰・班克斯、華裔國會議員霍建強、比利時皇家科學院魏查理院士、中華文化中心主席孔東博士、國際慈航觀音基金會王澤華會長、新西蘭全民黨簡紹武副主席、新西蘭獅子會會長Raj Mitra、Mrs. Mitra等同桌共進晚餐，並一一合影留念。

在第二天的開幕式上，冼錦燕會長致歡迎詞，何與懷博士、洪丕柱教授、張顯揚秘書長分別致辭，我作為特邀嘉賓向大會致祝賀辭。正式研討時，我作了《和諧也是文學永恆的主題之一》的交流發言。但在私下的交流中，我三句話不離本行，總少不了關於微型小說的話題，我帶去的贈書是我的微型小說集子與我主編的《太倉市微型小說作家群作品選》、《江蘇微型小說》創刊號等。

我在新西蘭連頭帶尾十二天，參加了當地的徵文頒獎會、元宵燈會、國務院僑辦的慰問演出、華人作家的燒烤聚會等活動，得以有較多的機會與新西蘭的華人作家進行了廣泛的交流。隨著交流的加深，我發現新西蘭雖然沒有像中國大陸那樣的「微型小說創作專業戶」，但寫過微型小說的作家還不少呢，我由此萌生了鼓動他們編一本《新西蘭華文微型小說選》的意向。沒有想到我的鼓動還真起了作用，冼錦燕會長心動了。

我本來想把組稿事，完全拜託冼錦燕會長做，雖然她說幹就幹，很快就發動會員選送微型小說作品，但她僑領式人物，社會活動多，加之電腦尚屬菜鳥級，要她編輯確有點勉為其難，我不忍心太為難她，與之商量後，乾脆我來接手主編吧。好在新西蘭華人作家的電子信箱我基本上都有，我擬定了徵稿要求，發信請他們把微型小說作品直接發我信箱。

奧克蘭開的是大洋洲華文作家協會的年會與研討會，來的不僅有新西蘭的華人作家，還有澳大利亞的華人作家，因此來稿中也有澳洲發來的作品。我一想，那就編一本《大洋洲華文微型小說選》，這樣與原來的那本《歐洲華文微型小說選》就成姊妹篇了。

開始選編時我澳洲還沒有去過，但我在澳洲的中文報紙刊物上發作品已有十多年了，《海外風》、《新海潮報》、《同路人》雜誌、《澳華週末報》、《漢聲》雜誌都發過我作品，像《漢聲》雜誌幾乎每期都有我作品，故我在澳洲認識多位華人作家，徵集微型小說作品也算有點基礎。更難得的是，我在奧克蘭遇上了常電子郵件往來的呂順。呂順是墨爾本的，他是澳洲寫微型小說數一數二的一位作家，更主要的是他還是一位熱心人，不但人緣好，人脈關係也極廣，我就委託他在澳洲徵集微型小說作品。呂順真的很負責任，在幾個月內就聯絡了澳洲一大半寫過微型小說的作家，稿源也就不愁了。

二〇一〇年八月下旬，我應邀去澳洲參加墨爾本華人作家節，在臨去前，我已初步編好了《大洋洲華文微型小說選》，我把目錄帶到了澳洲，也算是給澳洲文友的一份見面禮吧。

墨爾本華人作家節結束後，雪梨的「澳華文學網」等又邀請我與冰峰去參加「中澳作家雪梨文學作品研討會」，這樣，前後在澳洲待了半個月，不但去了華人集中的城市墨爾本、雪梨，還去了首都坎培拉，旅遊城市黃金海岸、布里斯本等，有機會接觸到了澳洲大部分華人作家，這樣，來稿就更多了，面也更廣了。我編的《大洋洲華文微型小說選》不斷充實，越來越厚實。

通過編這本《大洋洲華文微型小說選》，我發現澳洲與新西蘭都是適合華人寫作的地方，因為澳洲與新西蘭的社會福利在世界上都排在比較前面的，定居於此的華人沒有生活之憂，澳洲與新西蘭又是自由度較高的國家，寫什麼，怎麼寫，是你個人的事，很少會有干涉。還有一點也不能不提及，那就是這兩個國家地廣人稀，文化生活、業餘生活遠沒有大陸那樣斑斕多彩，用他們的話說，就是「好山好水好寂寞」，寂寞中難免思鄉、思親，有些文化的，最好的宣洩就是文字的傾訴，寫他們在異國他鄉的拚搏，寫他們遠離故國後的艱辛，寫他們融入當地國主流社會後的自傲，寫他們的心路歷程，寫他們的思念，寫他們的情感。

通過接觸，我還發現：澳洲、新西蘭的華人作家基本上是第一代移民，與東南亞的第二代、第三代移民有很大的不同，而且大洋洲的移民除少量來自臺灣、香港，或其他國家，絕大多數來自大陸，這與歐洲國家的華人不少從香港、臺灣移民去的有所區別。不管這些新移民目前在澳洲、新西蘭從事什麼工作，生存狀態如何，稍一交談就會知道，他們在出國前不少都稱得上高級知識份子，其中相當一部份原本就是從事文化工作的，心中有著母語情結、文化情結，當然也有人有著歷史情結。

因為是第一代移民，他們的基礎教育幾乎都在大陸完成的，與大陸的聯繫千絲萬縷，與第二代、第三代移民出現「香蕉人」不可同日而語。他們的文學作品很少歐化的句式，作品的題材、主旨、結構也以現實主義的為主，較少出現什麼現代派、後現代派、結構主義、解構主義、黑色幽默、魔幻手法等西方作家常用的套路。

我在選編時，盡可能選用寫移民生活、移民心態，寫出國後生存狀態、心理變化，或回國探親期間的客觀感受之類的題材，純國內的題材原則上不選。我希望這是一本有別於國內作家寫的微型小說集子，讓讀這本集子的讀者能透過這些作品的描寫，有助於瞭解澳洲，瞭解新西蘭，瞭解那裡的風土人情，瞭解那裡的政治經濟，瞭解在那裡的新移民，瞭解那裡的原住民，瞭解他們的生活與內心，作為一個來自於大洋洲華人作家筆下的參照系，更具備其真實性，真實的永遠是有生命力的。

不管你想不想去大洋洲旅遊，準備不準備去大洋洲移民，看看這本集子都是有益的，出了文學的收穫，還會有社會學方面的啟迪與借鑒。

二〇一〇年十月五日於江蘇太倉先飛齋

目　次

作者簡介

燕子

女，原名冼錦燕。祖藉：廣東番禺，一九四九年十一月出身於香港，一九九一年移居紐西蘭。

一九九五年創辦紐西蘭華人婦女聯合會「藝妍會」、被推選為創會會長，當會長至二〇〇六年。二〇〇二年任紐華作協秘書長，二〇〇五年被選為會長至今。

撰寫專欄的分別有：在《星島日報》撰寫有「美的藝術」；《亞洲經濟週報》有「美D一族」；《先驅報》有「錦錦燕語」；《新報》有「隨意集」；《中文一族》有「藝妍心聲」；《進報》有「呢喃燕語」。華頁曾撰寫專欄「紐西蘭人紐西蘭事」，現在撰寫「人生百態」專欄。

在二〇〇四年榮獲頒發QSM「英女皇勳章」、和JP「太平紳士」的榮譽，也曾接受和平大使獎及獲警察局頒發義工獎，在中國也獲得認同榮獲頒發「世界傑出華人貢獻獎」、「愛國豐碑貢獻獎」，和榮獲「世界名人」稱號。

現任紐西蘭華文作家協會會長、大洋洲華文作家協會副會長、國際傑人會紐西蘭總會總會長、紐西蘭華人婦女聯合會永久榮譽會長，並受聘於廣東省、四川省歸國華僑聯合會顧問。廣東省國際華商會顧問，和深圳市、廣州市、佛山市海外交流協會理事、廣東婦女海外聯誼會名譽會長、廣東省珠海市海外婦女聯誼會名譽會長，北京舟逸世紀傳媒集團BCM專家委員會委員、北京舟逸世紀多元媒體事業部大洋洲諸國首席記者，香港藝術家聯盟、香港作家協會永久會員。

湯姆農場

奧克蘭的冬天特別雨水多、晨霧還沒散去湯姆已把汽車開到農場去、她放不下心來，因為母牛露西第一胎將會這幾天內生產，他知道母牛生第一胎是很容易有危險的，因牠不懂得如何生產，需要主人去照顧並幫助接生，以後第二胎時母牛自己已懂得如何把自己的孩子生產了。

動物是很有靈性的，像湯姆農場有一對大白鵝，牠們懂得看門口，見到陌生人來牠們會大叫並飛撲過去把陌生人趕走，在村內無人不知，一般人都不敢亂進入農場範圍。

農場內種了二千多棵四季時果和玫瑰花，更有可打獵的森林和參天的古樹，一條清涼的山溪水是流往威理華河流的源頭，風景幽美又寧靜。

沿路草地上一片白茫茫的薄冰，被湯姆的皮靴踏碎了，他趕到牛棚時，露西已把小牛生了下來，並用舌頭把小牛身體的薄膜清理乾淨，湯姆見到露西滿足的表情很是放心，知道自己來晚了也沒有問題、又見到小牛緩緩的站立起來，更令他雀躍，真奇怪牛與馬都是生出來就會自己站立和走路的。

朝陽慢慢升起，照耀著湯姆溫馨的小洋房，史提拉正在廚房整理早餐給一雙寶貝兒女嘉倫和嘉嘉享用。

「媽媽！妳說露西生了小牛沒有呢！」

「是呀！露西是不是當了媽媽啦？」

史提拉的兩個寶貝兒女最關心都是露西生了小牛沒有？電話鈴聲響了。「一定是爸爸打回來，媽媽聽了再告訴你們。」

史提拉拿起話筒聽了之後很高興的對孩子們說：「我們露西生了一頭小牛了。」

孩子們聽了高興得跳起來，「我們要去看露西！我們要去看露西！」

「好吧！媽媽一會帶你們去，但要先吃早餐，吃飽才去看露西。」

「媽媽我愛妳！」兩小孩親吻了史提拉一下便乖乖的去吃早餐。

為什麼湯姆一家對母牛露西這樣緊張呢？原來露西是一頭出生已有腿疾的母牛，牠很堅強，並沒有因為牠有腿患而放棄生存，牠走路時雖然一拐一拐的，但牠樂觀開朗，並不因為殘障而自閉，反而與其他動物也和平共處，與嘉倫和嘉嘉都像好朋友般，史提拉怕牠生產困難，天還未亮便要湯姆去幫他接生，想不到這頭有缺陷的母牛自己還懂得生產呢。

反觀有些人類有一點兒不順利便要生要死，露西比他們強得多了。

失落的婚姻

小敏活潑開朗又單純，是個人見人愛，車見車載的好女孩，不乏追求者，但她卻選擇了一個比她大十年的男人，她以為年紀大些的丈夫會更加愛護她，心想結婚後全心全意的照顧家庭，可是後來才知道嫁了一個花心又自私的丈夫，結婚一星期已後悔了，因為那時才知她丈夫一腳踏兩船，與她簽字結婚之時，又寫信外國向另一女友求婚，幸而那女的沒有答應他的求婚，否則婚禮會出現有兩個新娘了。

他丈夫的外國女友更把他寄給她的情信及禮物寄回去，並寫上收信人是先生及夫人，當小敏收到以為是賀禮，便打開來看，一大疊內容十分肉麻的情信出現小敏眼前，小敏只看了兩封信，已哭得像個淚人，無奈封建的家庭令她屈服。

晚上她丈夫回來，小敏問他為何與她結婚又求外國女友回來結婚，對這事有何解釋！他居然振振有詞的說：「我早知她不會回來跟我結婚的，所以我才求她回來。」

婚姻是很神聖的，小敏唯有忍受，他丈夫不單花心，更加是個算死草，因為他要小敏每花一分錢都要記賬，新婚只一個月小敏已受不了，要出外工作賺錢，不再用他的錢，原來中了他的攻心計。

他知道小敏一向都有賺錢養家，收入不比他小，因此他使出要她寄賬那一招，他知道小敏一定受不了，去找工作替他賺錢，單純的小敏並不想到這個大她十年的丈夫，會這樣對她，而且他的媽媽有不成文的規定，要他們睡覺的時候，房間不能關門，相信讀者們也與筆者一樣第一次聽到有這樣的家規。

小敏每天上班前都要弄早餐給他媽媽（太后）食，下班要煮飯和洗碗，更要抹地，有一次，小敏叫她聲音稍為細聲，他媽媽（太后）聽不到便指著小敏大罵，小敏覺得很委屈，便跑回娘家，她以為丈夫會來帶她回家，可是她的丈夫沒有去找她。

原來她丈夫已經與他的秘書攪在一起，難怪不用小敏給他弄早餐，因為回到公司與秘書撐枱腳，最後他們都是離婚收場，朋友們也為小敏開心，因她終於脫苦海了。

小菁

小菁從神州大地到新西蘭這美麗的世外桃源遊玩，被這裡的環境吸引了，便離開旅遊團躲起來，留下當黑市居民。

她憑著美貌和智慧到一間按摩院當按摩小姐，認識了在社團內當理事長的阿康，兩人打得火熱，終於共賦同居，小菁不用上班，而藉著阿康的人際關係，開了一間按摩院，大部份的客人都是阿康在社團內的朋友，她已打進阿康的生活圈子。

一天，小菁跟阿康說：「達令！我很想有一個家，你的朋友都知道我們的關係，不如我們結婚吧。」

「結婚！我們這樣不好嗎？妳又不會做家務，娶妳回來給人家當笑話，慢一步再說吧。」阿康邊回答邊把小菁擁在懷裡親熱起來，小菁也樂於迎合他。

阿康是一個離婚多年的人，他的風流史很多朋友都知道，小菁跟他同居的日子是最長的，朋友們都覺得奇怪，通常女孩子與他交往一到兩星期便拜拜了，為什麼小菁可以與他相處這麼長時間呢！

原因很簡單，小菁的性欲特別強，一天沒男人也不行，加上在按摩院工作時，學會如何哄男人，阿康雖然是個玩家，從來沒有遇到過這樣令他要生要死的女人，這個問題他也曾經考慮過，因為他與小菁開的按摩院生意也很好，他也不想失去她。

翻雲覆雨過後小菁又重提結婚的事：「達令！我真的沒有你一定活不成，很怕失去你，你不覺得我們做愛也很合拍嗎，你再也找不到比我利害的女人，你不答應表示你不愛我了。」

「我怎麼會不愛妳呢！和妳一起之後都沒有跟其他女孩子來往了。」阿康很緊張的回應。

「如果你不答應我便找其他男人，追求我的大有人在，但我只喜歡你，因為你最偉大！最可愛！」小菁開始撒野了。

終於阿康屈服了，一個月後小菁名正言順的成為「康嫂」了。

兩年後，小菁已拿到綠卡，但也把「康嫂」的名銜除掉了，還獲得阿康的半間房屋，她向朋友表示，花三年時間取得綠卡和二十多萬，很值得！很值得。

溝女

通常已婚男士要追求異性，一定會訴說與妻子性格不合，妻子怎麼怎麼不好，孩子又不聽話，他很苦惱，不想回家，還要計畫與妻子離婚，裝出一副可憐狀，不少年青女孩子上當受騙，以為對方會與妻子離婚，與她結婚，誰知得到手玩厭之後，又說為了孩子不能離婚，此招十拿九穩的可把女孩子甩掉，又不必負任何責任。

可是發生在明亮的個案就不同了，明亮是一位出色又上進的警長，在一次查案時認識了當年只有十九歲的柳青，長髮披肩，相貌清純加上豐滿後的上圍，令明亮眼前為之一亮，而柳青看到這位年青英俊又有型的警官，也被明亮吸引著，雖然當年明亮也有三十出頭，但看似二十多而已，他們互相吸引的目光，被同來查案的另一員警看到：「明哥，有眼光，上馬吧！」明亮藉故去問柳青的資料，柳青正中下懷，把所有她的資料也告訴明亮，還加多一句：「歡迎你隨時給我電話。」

過了兩天，明亮實在忍不住，因柳青豐滿的身裁深深印在他的腦海裡，於是撥了電話給她，約她下班後出來喝咖啡，柳青一口答應。

在尖沙咀一酒店內的咖啡廳，柳青依時抵達，已見明亮坐在最角落的一個卡位。

「阿 Sir，有什麼可以幫到你。」柳青問道。

「阿 Sir 不是為公事而請妳飲咖啡可以嗎？」

「當然可以啦，多謝你！」

柳青很高興的坐下，並含情脈脈的望著明亮，明亮也察覺她對自己有些意思，便大膽表明愛意，

「妳可知我為什麼請妳出來，妳要食些什麼？點好之後慢慢說。」

「好呀！」

他們各自選了晚餐後，話題也打開了，柳青很喜歡聽明亮的辦案過程，而明亮也從柳青口中知道她是家裡的獨女，家庭環境不俗，是那天辦案的店隔壁店的老闆女，當天是她目睹有人從隔壁的時裝店櫃枱收銀機偷走金錢而作證，明亮稱讚她見義勇為，因此雙方都留下深刻的印象，終於他們食完晚餐又開車去吹吹風，和去沙灘散步，柳青主動的拖著明亮的手，他們的感情真是一日千里，當晚他倆已忍不住去附近的酒店成其好事，事後明亮見柳青落紅片片，他發誓負責

到底，反而柳青表示她不要名份，只要每天都要見他，第二天他們已經計畫租屋同居了。

十年過去了，明亮綠揚移作兩家春做得很好，太太沒有發覺，而且扶搖直上升至員警區長，但近來他家裡的電話，在晚上每當明亮在的時候，有響而沒有聲回應，原來是柳青要他與老婆離婚，她需要名份了，明亮不答應，她就故作玄虛，讓他老婆懷疑和知道，破壞他們的婚姻，終於她得到勝利，因為明亮要向她負責，迫他太太答應離婚，而他太太不想再受搔擾。

友情

雲妮與安娜是好友，兩人的性格完全不同，但成為好友也令周邊的朋友們感到意外，因為雲妮是個爽朗不計較的女孩子，安娜則是深沉又精明的女孩子，年紀比雲妮大兩歲，可能就是個性太極端而合得來。

有一次，她們結伴去旅遊，認識了一英俊的團友哥頓，大家都很談得來，完結了旅程他們仍然維持友誼，哥頓好像對爽朗開心的雲妮較有好感，但每次約會都是三人行，看在安娜眼裡很不是味道，原因經過了一段日子，她已經愛上了哥頓。

在寧靜的一個晚上，安娜忍不住問雲妮對哥頓可有意思？

「雲妮，妳覺得哥頓人品如何？妳對他可有意思？」

「哈！哈！妳怎麼會這樣問我呢？我們一起不是很好嗎？」雲妮漫不經意好的回答。

「我的意思是妳可會愛上他呢？」安娜向雲妮解釋。

「不會！雖然他很英俊，可是他不是我心目中的白馬王子。」雲妮很肯定地回應，安娜聽了好像放下心頭大石般，笑著用手搭著雲妮的肩膀，「那麼妳喜歡怎樣的男孩呢？告訴我，待我替妳留意。」

「我從來沒有想過結交拍拖的男友，現在還年輕，啊！是否妳喜歡哥頓？快說！用不用我幫妳。」雲妮突然聰明起來，發覺安娜神情跟以前不一樣，反向她取笑。

安娜被問立時間不懂回答，含羞答答的點頭。

雲妮證實了安娜真的喜歡哥頓，她很開心的對安娜說：

「看起來妳與她真的很配，不知哥頓的家庭背境是怎麼樣呢？他是否已婚？我們都不知道，若然妳喜歡他就要向他問過明白。」

「如果他真的是有家室的人，我又怎麼辦呢？」安娜自言自語的說。

「如果他有老婆妳應放棄愛他，如果他有女朋友的話，妳就可以與他女友公平競爭，看看他的選擇。」年紀小小的雲妮對愛情的看法，好像是一個愛情專家那樣，令到安娜也開懷一笑。

其實哥頓是已有妻子和兒子的大好家庭，上次他因太太沒假期，而他才單人匹馬去旅行，對兩位團友只是談得來，沒有非份之想，回來之後被她們約去喝咖啡，交換欣賞照片，談談旅遊趣事，想不到被安娜暗戀，在她們第二次約出來的時候，安娜問道：「哥頓，我們想看阿凡達，你有興趣嗎？」

「我正想去看，好呀！我買票，週五晚上好嗎？」哥頓很爽快的回答。

安娜當然說：「好的！到時見！」

週五晚安娜打扮得花枝招展與雲妮去到戲院大堂，見到哥頓跟一個年約十歲的男孩子很親密的談話，旁邊有一少婦背著她們與哥頓有說有笑的，她倆高高興興的過去打招呼，哥頓很有禮貌的向她們介紹：「這是我太太碧琪，我兒子湯。」轉身向著碧琪說：「她們是我向妳提過兩位很談得來的團友雲妮和安娜。」

碧琪很親切的與她們握手，並道：「很多謝妳們與他談話，令他旅途不寂寞，他回來跟我說很開心認識了兩位元好妹妹，很高興今天能見到妳們。」

安娜望著雲妮苦笑一下，雲妮為解困，忙道：「我們也很開心多了一位哥哥和嫂嫂，還有湯你這個小可愛的侄子。」指了一下湯的臉蛋。

「好啦！進場了，看完電影再說吧。」雲妮拉著安娜跟著哥頓一家進場了。

安娜當然很失望，幸而有好友雲妮在身邊。

阿福

玉樹地方有一位從香港去當義工而犧牲的熱心人「阿福」，南太平洋其中一小島，也有一個只問耕耘，不問收穫的阿福。

阿福，人如其名，人品好，長相一般，但為人老實又樂於助人，但也有人當他是真的阿福（福頭的福），他不單不生氣，更不介意別人對他的看法，還繼續走他的助人為樂之路，他常對人說他只是工作狂，覺得「施比受更有福」，去幫助人只是豐富自己的生活，既容易打發時間又可幫助別人，是一件好事情，何樂而不為呢？

據接近他的朋友表示，他不想受他恩惠的人，不好意思的要報答他，他便裝作是工作狂，讓別人以為他只想容易過日子，便找些事來做而已。

曾經有一次，他為了幫忙一對夫妻，他們被房東趕走，沒有地方住，他們求阿福給他們暫住他家，找到房子便搬走，但阿福住的是一房一廳的單元，那有多餘的地方給他們住呢，可是阿福的心腸軟，於是答應了他們的要求，把自己的房間讓給他們住，自己則睡客廳，當時他想幫朋友解決暫時居住的問題，方便一兩星期而已，他們找到房子便會搬走的，他便沒有收那對夫妻的租金，可是！那對夫婦一住便住了多月，每一次阿福問他們找到房子沒有？他們都表示：「快啦！快啦！」阿福又不好要他們搬走，但實在阿福覺得很不方便，負擔也加重了，他不得不出聲請他們搬走，這樣就開罪了他們，他們到處說阿福壞話，有一天，一聲不響在阿福上班時候那對夫婦搬走了，留下大堆垃圾，更把阿福放在客廳名貴的酒和茶葉都偷走，害得阿福傷心一段時間，他傷心不是被他們偷走了名茶和名酒，是傷心為什麼世間上會有這樣的人。

對話

有一天，從香港回到樟木頭，已經晚上八時多了，看到天氣還好人又不多，便坐村巴回家，在車上只有一位年過七十的老頭，與一年約三十多歲皮膚白白珠圓玉潤的女人坐在一起，他們雙手緊扣，女人時不時的把頭依偎在男的肩膀，男人的表現得很享受的樣子，他們像一對熱戀的情人，原本這些畫面在公車、火車、地鐵常常都見到，通常不以為然，但是他們的對話可圈可點，可能很多朋友都有過經歷，視乎男的定力而已。

「明天我去為妳做一張證件。」男人向女人說。

「不用啦！我進出都跟著你的。」女人情深款款的很溫柔的說。

「要的，方便我不在時妳可以自己回家。」男人用半鹹不淡的普通話說。

「對了！現在我是你的人了，我們不用在外面囉，我們又有一個家了。」女人邊說邊像很幸福的，把頭偎在男人的肩膀上。

「要叫人來把房屋修理一下，裝上冷氣會好些。」男人用左手拍了兩拍，女人與他十指緊扣的肩膀。

「是的！我們要做的時候沒有冷氣不行的。」

「妳還要想一想妳一個月需要多少錢？」

「不用的！我會上班賺錢，不需要用你的。」

「妳不要上班了，我在的時候妳要整天陪我，不給妳生活費怎行呢！」

「你不在的時候我可以上班，我要賺些錢供養我的女兒，現在我媽媽把她帶著。」

「這樣妳就要計算需要我每月給妳多少才夠？」

「唔！我跟你一起不是為錢的，我們是有緣份的，雖然你年紀跟我相差大一點，但我們是很合得來的，我媽已六十五歲了，下次帶你去見她。」

「豈不是我比妳媽還大幾年，她會喜歡妳跟我嗎？」

「當然喜歡啦！像我這樣的年紀，離了婚又有女兒，與我差不多年紀的都不會喜歡的，我真的很幸運能夠遇到你，你又對我這麼好，又照顧我，現在又給我一個家，我一定要好好照顧你，與你長相廝守，永遠都在一起。」女人說時七情上面，既可憐又自卑。

筆者並非有意留意他們，只是那女人像旁若無人的，聲音又清晰，她是背向筆者，整過過程都是面對那男人，後來有其他乘客上車了，那男人覺得不大好意思，正襟危坐的任由那女人又哄又摸，哈！哈！想不到世風日下，現今的女人太開放了。

女人要用假情假意來哄男人真的很容易，而男人也很願意受用的，七十多歲的老人與比他女兒還小的一起生活，是否真的幸福呢？只有當事人才能夠體會。

男人看上去不像玩家般出來混的，他見到越來越多乘客上車了，他便對女人說：「妳還是要計算每月要多少錢？這樣對妳會好些。」

「我什麼都不要，只要你！你不要不理我呀，我是你的人啦，有你在我身邊就行了，我要永遠的陪著你。」女人對男人的嗲聲嗲氣和表白，聽到連汗毛也立起來，這個女人說的話，她不覺得肉麻，但旁人也為之側目。

十五分鐘一班的村巴已經開動，車上乘客也有十多人，這對男女仍然親熱的談論著，女人毫不害羞的繼續愛的表白，但男人沉默不語，只是微笑的聽著。

突然女人改變話題，問男人：「我們還沒有好之前，你每天怎樣過？」

「我每天都去飲早茶，下午有時與朋友打打麻將。」男人回答。

「那晚上怎樣過？」女人繼續問。

「晚上去找老陳坐坐，通常從八點坐到十點，便回家睡覺。」

「現在你有了我就不用找朋友了，我會讓你在家好好享受，我會給你一個舒服的家，你要怎樣便怎樣，什麼都依你的，你說好不好？」女人把頭依偎著男的手臂，男的輕輕點頭。

車已到達第一站，筆者要下車了，但那男女的戲還沒有做完，心底裡向男的祝福，玩玩算了，不要受騙，更不要連命也送掉。

小祁的新車

小祁是一位在小鎮內替人浴足、按摩的師父，年青力壯又懂得一點穴位治療，很受中老年的顧客歡迎，因為他曾幫助過很多有風濕關節痛的客人消除痛苦，在口耳相傳之下，客源便越來越多了，他還在工餘時間，上門為一些熟客做浴足和按摩，增加其收入，因他勤奮又不欺客，頗受客人歡迎。

最近他想慢慢的轉營，因他看到一些朋友，買了汽車代步，又可以接載客人，收入更多。

有了汽車當然方便多了，可是其妻子更為擔心，每隔一個多小時都給他一個電話，問他人在哪裡？他都很誠實的告知，可是！有一次，他替客人做完了按摩，客人要外出去食飯，他便順把客人送去，並可多賺客人的車資。

汽車在行駛中，他的手機鈴聲響了

「你在哪裡？我已做好了飯啊，快回來食呀！」，

手機內傳出了一把尖銳又大聲的女人聲，坐在車內的客人都聽到，大家都不其然的作出一個會心的微笑，

「我現在把客人送去食飯，一會便回來，」小祁輕聲的！戰戰兢兢地回答，可是對方不相信，更大聲的回應：「你是不是與女人游車河？與靚女在車上？」

「不是！是幾個客人。」小祁輕聲地回答。

手機內的女人聲不放過他，「你立刻要回來，快！快！快！」

晚上小鎮的交通很繁忙，而小祁是新牌仔，車子又是新的，他被手機內的聲音嚇得手忙腳亂，車子突然間死火了，他又慌忙的踏油門把車重新啟動，但手機內的聲音更大的叫，外面的汽車被他的車子擋著也不能動，齊聲地響起了啦叭，他更加的忙亂，啟動了又死火，一次又一次的，

「你為什麼不回答我，你幹什麼呀你！快回答我！」

他的手機內不斷的傳出這些聲音，再加上外面的喇叭聲，汽車被撞了。

作者簡介

大衛王

又名王平，陝西關中人氏，現居新西蘭奧克蘭市。職業攝影師。著有長篇小說《沙蝕歲月》及其它中短篇小說、散文、隨筆、詩詞百餘萬字。現為新西蘭華文作家協會會長，新西蘭華文文藝沙龍召集人之一，並為華文報專欄長期撰稿人。

當兵爺

爹娘一輩子辛勞，只積攢了三件好東西。三件寶貝是：銀牌、大氅、留聲機。

這三件寶貝全是俺一個叫「當兵爺」的人送的。

「當兵爺」沒見過，準確說，俺後來沒見過。

據說，俺繈褓時見過他老人家。

他是光腦袋，還是毛鬍子？俺當時沒記性沒記住。不過，俺一歲那天，他來給俺佩帶了一幅純銀大胸牌。這東西以後老見俺娘從俺家的老櫃深處翻出來，拿塊布頭不斷擦拭。擦著，摸著，俺娘稀罕地掂來倒去，愛不釋手。

俺娘告訴俺，這在當時值一石棉花錢。

一石棉花？許是一擔棉花吧？

到今天，俺也弄不清一石或一擔棉花是多少斤兩，可俺知道這傢伙挺金貴的。

這胸牌俗語叫「銀牌」。

咋？光興奧運會那叫銀牌？俺這也叫銀牌！還比奧運的銀牌大，厚，重，圖案還複雜。

沒錯，那銀牌得爭，俺這銀牌是送，俺「當兵爺」送俺的。

銀牌立體元寶狀，沉甸甸的不光有鏈，正面有畫，背面有字兒，底下還墜有一串小鈴鐺。畫是凹凸圖案的「麒麟送子」，字是長命百歲的老宋體。

「當兵爺」之所以叫「當兵爺」，這老爺子一定當過兵。

俺家肯定有俺應該叫「割草爺」或「打鐵爺」或「放牛爺」什麼的。只是這「當兵爺」在他這一大幫窮小子弟兄裡，身份比較拔份兒。先前兒肯定也曾揮過鐮刀掄過斧頭拿過牛鞭戳過牛屁股，後來鐮刀斧頭牛鞭子全扔了，牛尥蹶子，人撂挑子，跑啦，不幹了！

也許是要地主「放下你的鞭子」，地主不放，還抽了他兩拐骨，他便一氣之下，高舉著鐮刀斧頭當兵了，鬧革命了。

那時節人們念叨：「好鐵不打釘，好男不當兵。」

「當兵爺」和他一派弟兄，硬不理這個茬，手中的鐮刀斧頭換成了「漢陽造」，以後又換成了鏡面盒子炮。

有了槍桿子可了不得，最後，槍桿子生生換成了印把子，革命還真鬧成功啦。

「當兵爺」肯定起先當過小兵，衝鋒陷陣時也曾被班長排長踹過屁股蛋子，槍林彈雨裡往前撲騰。後來摸爬滾打中，漸漸摸清了當兵這營生也是一條營生，也是一條活人的道，若真從這條道活下去，還真能活出個人上人來。再後來，「當兵爺」就排長連長、團長師長的一直往上躥。

或許他老人家命大福大造化大，槍子兒老長眼，老耳朵邊蹭過去。不但槍林彈雨毫髮無損保全了身子骨，更重要的是他跟對了人。

他老精精神神地在槍林彈雨裡幹大了氣候；再於是，那年我在繈褓裡正式會見他時，他見了我就在兜裡使勁掏啊掏的。

他肯定不是掏他當年繫著紅布條的鏡面盒子炮，他早不用這低端傢伙什啦，連他兩個的貼身警衛都「已經鳥槍換炮啦」！隨身佩帶的是小不點的德國勃郎寧啦。

「當兵爺」沒了早前放牛時的窮酸氣，出手闊綽大方，掏出的，是塊明晃晃白花花的銀牌牌，正步走過來，掛俺脖子上。

據說，俺當時裹在「當兵爺」送俺爹的日本軍大氅裡聽戲匣子呢。這軍大氅和這留聲機都是「當兵爺」的戰利品，俺爹娘成親時，「當兵爺」送的。

據俺猜想，這大氅應該是一位日本少佐以上官員上過身的，而後被八路軍指揮官的「當兵爺」繳獲了。

那場戰鬥的激烈情況俺不甚清楚，或許那日本少佐正捋著黑茬茬的人丹胡，正晃著二郎腿，火塘旁正聽著戲匣子裡邊唱著日本小曲，糊裡糊塗就被繳獲了武器，繳獲了留聲機，甚至身上的大氅也被匣子槍指著，當兵爺順手剝下來繳獲了也說不定。

反正打那時起，這大氅換了主人，戲匣子也換了主人。

俺拾了個「洋撈兒」，最後竟成了這倆寶貝的主人啦，大氅上任俺拉任俺尿，恣意妄為。

俺知道這大氅多虧歸了俺，要還是日本少佐做主人，見俺這樣，不氣歪了仁丹鬍子，抓俺一條腿扔門外頭都有可能。

可俺是大氅的主人，俺就像模像樣地學著日本少佐，也翹著二郎腿，啃著腳指頭，津津有味聽俺家的「戲匣子」唱曲兒，——不對，正唱悅耳動聽的梆子戲哩。

聽著聽著，俺尿急，剛準備尿到暖烘烘的軍大氅裡，卻被「當兵爺」豎著舉起來。

嘩，「當兵爺」躲不及，脖領子袖筒子全是尿珠子。

「當兵爺」甩著黃呢子袖頭，一驚一乍，脫口而出：「嘿！這小子，准是個當兵的！靶子還挺准！」

俺娘急忙搶過去，拿尿布片子狠擦俺在「當兵爺」黃軍泥子上的尿滴子，俺爹又拿日本軍大氅裹實了俺，放到戲匣子旁繼續聽俺的戲。

不過，有「當兵爺」那句話，俺以後也沒當上兵，俺不是不想當，俺是沒趕上自己能決定自己命運的好時候。

不光俺決定不了命運，當時，誰能決定自己的命運？

再後來文革了，俺爹娘積攢的「當兵爺」送俺家的三件好東西：銀牌，大氅，留聲機，也全被紅衛兵破「四舊」給破掉了，文化革命了。

別說俺家這三件寶貝，整個中華大家庭裡的寶貝被砸被燒的能有多少？更別說人了，連俺那「當兵爺」，文革中也被紅衛兵整死了，徹底革命了。

幸福

一早，一位老華僑走進店門，照面就問：你，還記得我否？

心中遲疑片刻，旋即試答：先生可姓傅？幸——福？

老先生聽了，一把抓住我的胳膊搖晃著好久，結結巴巴說了一句：「你，好，好記性呀！」

倒不是我記性好，實在是心裡對當年這位老先生言道他姓氏的說詞印象深刻。

那年，我的攝影小店開張不久，一對老年夫婦來店，先生很健談，第一句話直截了當：我姓傅，你一定會記住，幸福！

誰能記不住幸福？

的確，他們很幸福，他們相挽相摻著來到這裡，連跟我交談，也一個緊接一個地互相補充，互相轉述他們的心情。他們爭相說，他們想拍張合影，以紀念他們結婚五十年共同走過的風雨歲月。

看得出這張照片的主題，那，就是幸福！

其實，我自他們進店，就感覺到他們的幸福與和諧。儘管他們相挽的手青筋暴起，但依然握得緊緊。

於是，我讓他們仍這樣幸福相挽著走進了我的燈光，我的鏡頭，我的菲林，走進了顯影定影，最後走進了照片之中。

後來，忘記了照片被他們取走時的情景，只記得傅先生取回照片後曾打過一個電話，電話裡說什麼也已忘記，可先生唯一無法忘記的話是：你要記住哦，我姓傅，幸福，幸福！

這帶江浙口音的「幸福」二字便常常在不經意中，如漣漪般在我心裡激蕩。

所以，今天一聽到傅先生的口音語調，幸福二字脫口而出。

「我已經不幸福了，不幸福了，我的幸福走了！已經走了！」

這才發覺到老先生的頹喪，甚至有些感傷。

再仔細打量老先生，真真今非昔比，灰黑的面頰上已看不出當年的風采，本來就少的頭髮，好似更加垂頭喪氣般蓬亂在頭頂，唯眼眸稍瞬間還閃射出當年的光彩。

老先生讓座不坐，只急慌慌地在懷裡摸索，好容易從貼身的內衣裡拉出一條錦線，看著他蒼老的手心緩緩張開，一個心形金屬盒被他摳開後，一禎小照清楚地展現在我的面前。

「還記得這張照片嗎？還記得它嗎？這是你拍的啊，它記錄了我的幸福，現在，我的幸福走了，去天國了，是你真實記錄了我的幸福，我得謝謝你呀！現在這已是我的全部，幸福也只能在我的心裡保留。」

望著照片中他們幸福的依偎，除了讓人感慨萬千外，傅先生的話已讓我不知說什麼好，安慰他的話更不知從何說起。

我呆望著傅先生哽咽著離去的背影。

在時間面前，幾乎沒有一樣東西可以永恆，生命如此，幸福更是如此。

茫茫人海，碌碌人生，我們錯肩了多少幸福？既然幸福沒有永恆，那麼，我們只有抓住今天吧！

作者簡介

艾斯

本名Bill Wang，非文學或相關專業。業餘愛好寫作。曾為中央某報記者、某省臺編輯，現為新西蘭梅西大學科學院講師。自一九八六年起在海內外發表詩文數十篇。現致力於表現本地普通移民的情感故事及生活。聯繫方法：breezeinnz@gmail.com。

作者大部分作品放在其博客「新西蘭微風」上，即http://blog.sina.com.cn/breezeinnz。

小提琴

聽說若余要換一把小提琴，阿佩就拎了一把來。

「這是我女兒拉過的，你讓若余先試試，如果覺得行，就告訴我一聲。」阿佩扔下這句話就走了。

應該說這是一把老琴了。業內人都知道，老琴比新琴值錢，雖然不是古董，但小提琴需要把聲音拉開，正如好的玉需要打磨一樣。在天鵝絨的黑琴盒裡，紅紅的琴身很是顯眼。但也顯得樸實，正如琴面上磨損的痕跡，顯出主人曾經的磨練與刻苦。順著琴邊看過去，可以看到做工的考究。琴頸摸上去很是圓潤，琴面與琴體的連結處天衣無縫，不像有些琴的琴頸看上去很美，仔細摸上去卻會有些擱手。從琴身的S形縫看進去，隱隱約約能看到裡面有一行英文似的東西，卻看不大懂，只認得「1836」四個數字。

若余是個很聽話的孩子，每天都很自覺地拉琴練琴，前不久他以很優秀的成績通過了五級考試，所有教過他的音樂老師都說，若余有音樂天賦，耳朵靈敏。如果經濟條件好，我們也是想給他買把好琴，但妻子沒有工作，單靠我一個人的薪水，想買把好琴，實在有些為難。我們的經濟預算就只在三五百元之間。

如果1836代表年份，那這把琴還是個古董，怪不得看起來有些不同平常呢。從廣播電視網路上我們也經常看到這些古董提琴的新聞，有些歐洲古董琴價碼已開到幾十萬美元，名家製作，名家拉過，名家的靈魂據說都在上面呢！有的據說有專人收藏，僅供少數當代著名小提琴家們借光演出。所以，沐浴更衣，焚香拜琴，也就不足為奇了。當然，這些對我們普通百姓來說，可能永遠都只是一個傳說。

「爸爸，這個琴是歐洲的老琴！」若余叫道。

「你怎麼知道？就憑這上面的年月字碼？」我們反問他，孩子的話還能當真？

「是的，你看！」若余指著電腦上搜索的資訊。沒想到小小年紀，思路卻比我們活絡多了，竟然將小提琴上的字，輸到網路上。

果然，網上的圖片與我們面前的小提琴裡的字碼一模一樣，唯一不同的是製造年份。資料告訴我們，這類琴是十九世紀歐洲最負盛名的小提琴工匠製成，價值連城。

看到這裡，我不由得仔細再一個字母一個字母地比較，一個字母不差。再看圖片，油漆著色，提琴風格與形狀，竟然越看越象。氣氛竟然有些肅穆起來。一把價值連城的小提琴真的就在我們面前？雖說買不起，但有眼福看一下，也算不錯了。人不可貌相，誰說不是呢？

「若余，拉一下給我們聽聽！」雖然我們是外行，但這幾年每天監督兒子練琴，耳朵也被迫陪練出來一些。

「注意，小心，輕點！」妻子更是大氣不敢出一下，還用手掩著，深怕氣呼上琴面了。

「是！」若余到底是孩子，心理上沒那麼多負擔。

手一揚，行雲流水般，美妙的琴聲彌漫在整個房間裡。

「就是不一樣，就是不一樣啊！」我不禁歎了口氣。

「沒什麼呀，我覺得與我的琴差不多。」若余不以為然，「主要是我拉得熟練，拉得有感情！」新西蘭長大的孩子真是不知道什麼叫謙虛，什麼叫大言不慚。

「明天帶給你們德國小提琴老師看一下！」妻子總是很樂意將好東西讓人家看看，「順便讓她給估個價！」

我心裡卻說：「估什麼估？估了也買不起！」不過，估一下也有好處，看這個在奧克蘭專業交響樂團的首席小提琴手愛娃到底識不識貨，看是不是個真的行家。要知道，若余跟她學小提琴的學費可不低。

第二天，我們小心翼翼地把琴拿到愛娃家裡。打開琴盒，愛娃拿起琴來，先拉了一小段，說：「琴音還不錯。」行家就是行家，管你什麼牌子，聽琴音就行。

愛娃放下琴弓，拎著琴頸，轉動提琴，「看起來像是一把老琴，手感不錯」。

「你看這裡面的字碼！」若余還是搶著開了口，指著琴身S縫裡的字樣。

「噢？竟然是我們德國的老魯道夫做的？不大可能吧！」愛娃自言自語。原來上面是德文，難怪我們看不太懂呢。

「從哪裡來的？」愛娃問我們。

「一個香港朋友的。」妻子說，「能幫我們看一下大概值什麼價嗎？我們想幫若余挑個琴。」

「我也不太懂。老琴很難說。」愛娃的話讓我們有些失望。「但我明天可以拿給我的朋友看看。他是專門做小提琴的。」沒想到德國人做事情這麼認真。

「你這琴哪來的？」回到家，妻子就給阿佩打電話。妻子心無城府。

「是一位勞先生，也是從香港來的。他是專門修舊鋼琴的。」阿佩也是快人快語。

原來是勞先生。這個勞先生我們認識。上次若余喜歡鋼琴的時候，我們看中了一臺德國鋼琴，成色很新，隨同去的鋼琴老師是一位當地人，毫不掩飾地表達了她對那臺鋼琴的喜愛，這種過於喧賓奪主的直率與坦誠給我們帶來了麻煩，賣主一口咬定一千八百元，還將我們塞到他手裡的五百元定金硬還給我們，完全不給講價的餘地。一千八百元對我們窮人來說，當然是一大筆開銷。於是，我們花三十元請勞先生來看琴。沒想到，勞先生只看了一眼就對賣主說，這不是德國琴，這是一架韓國琴。他很熟練地彈了幾個鍵，試了下音，非常肯定地說，百分百是韓國琴，別說一千八百元，八百元都不值。後來，賣主一看有人識貨，便主動一再降價，但我們再沒興致了。勞先生說，別怕，這裡二手琴多的是，你不用再付錢給我，我一定幫你買到琴。果然，勞先生幫我們挑了一臺琴，真是價廉物美。但我們心裡想，這麼多趟，那三十元挑琴費恐怕連汽油錢也不夠啊。這樣實在的人，做生意能賺到錢嗎？我們曾到過勞先生的家裡。妻子剛辦團聚移民過來，英語也不好，找不到什麼工作。夫妻倆就把客廳一隔，住在客廳裡。其他房間全都租了出去。我們站在小小的廚房兼客廳裡，一臺老舊的大電視擱在碗櫃上，逼得人眼睛都難受。人也感覺特別悶熱。一臺在這裡很少看到用到的老式電風扇吹著帶來些許涼意。阿佩有個患自閉症的兒子，勞太太有時幫忙照顧，賺點錢貼補家用。阿佩告訴妻子，本來她自己可以照顧，享受政府給病患兒的津貼，但勞太太更難，這份活就給勞太太了。

「那勞先生哪來的小提琴？」妻不解地問道。

「從人家那裡收的唄，說是從歐洲收來的。」阿佩說。

過了幾天，愛娃把琴拿來了，告訴我們，這把小提琴只是把仿冒品，也就值三四百元。但對若余來說，也是一個不錯的選擇。等以後水準提高了，再買一把好的吧。

我們心中的一塊石頭也落了地，還好，是一把我們買得起的琴。

海濱的夕陽

異國的春節基本上不算春節，根本沒有過年的氣氛。要不是正好碰上了星期六星期天，兒子媳婦還得上班，孫子還得上學。但韓沁還是早早地醒了，看著年曆上的臘月三十，心裡卻覺得空蕩蕩的，有些繞不過彎來。首先這裡不是冬天，這南半球的新西蘭正好倒了個，正是夏季。而春節總是與寒冷記憶在一起的，這七十三年的人生就這麼過來的，怎麼著都想不明白這春節洋人咋就不過呢。要在國內，街坊鄰居早就忙騰開了，炸炒蒸煮，洗涮擦抹，大傢伙都忙個不停。更別說時不時在耳朵邊炸響的爆竹了。

但韓沁還是起來了，大她兩歲的老伴白先亮也起來了。四周靜悄悄的。老兩口先將從跑馬場買回來的四個紅燈籠掛了起來，將幾個大大的福字倒著貼在大門上，房門上。然後，燒水和麵，等到擀好了面，做好了翻餃，在車棚裡架起了油鍋，兒子媳婦孫子才起床。

孫子歡歡眼尖，一下就看到了房門上的倒福字，喊著，這福倒了，福倒了！媳婦一楞，醒悟過來，說，快去謝謝爺爺奶奶，快去！

兒子拉著孫子，聞著油香，看到炸鍋，就說了，「爸媽，這麼早起來幹嗎呢？我昨兒不是說了嗎，別開這油鍋了，在這裡過年簡單一點。再說，這油炸的食品不健康！」

「這咋就不健康了？你小時候不最喜歡吃這油炸翻餃嗎？翻餃翻餃，吃了來年就會大翻身，轉好運！」韓大媽笑著說。

「爸爸說的對，這油炸的食品就是不健康！膽固醇高，油脂多，奶奶要少吃！」十歲的歡歡順著爸爸的話說。

「好，那就少炸點！」白大爺說，「看你們吃了饞！」

媳婦看到門口的燈籠，臉上露出了笑容，說，「你瞧，這燈籠真好看！」

兒子看了一眼燈籠，笑容還沒展開，就進了屋。一會出來，說：「爸媽，這燈籠還是別掛了吧！太張揚了！」

「這大過年了，掛幾個燈籠圖個喜慶，張揚個啥？」韓大媽有些不快了。別看韓大媽一把年紀，其實韓大媽出身書香門第，就從這韓沁這名字都可以看出來。只是當年在文革，成份不好，被人逼到門口要去上山下鄉，父母急中生智，連忙將她嫁給了白先亮。白先亮成分好，工人出身，雖說人老實，但韓沁一直心有餘結，直到兒子了了自己的心願，考上大學，後來竟然技術移民，街坊鄰居羨慕不已，韓大媽心裡才好受了些。兒子也還算孝順，這不，辦了父母團聚移民，自己也在同學朋友的讚歎聲中出了國。但一把年紀出了國，似乎並不激動。這新西蘭真是像個大農村，好在空氣好，人人都說是個天然氧吧，但這裡太冷清了。好在洋人見面就哈羅，自己也就滿臉堆笑，但雞同鴨講，無以為繼。還好新開了個華人廣播電視，但遠沒有國內的頻道全，也沒有什麼街道老年歌舞，來了沒多久，就悶得不行，好在老兩口互相說說話，日子也慢慢混著，全然不想以後的事情。

「媽！你又不是不知道，這裡的小偷多！人家都瞅著咱華人家呢！你這紅燈籠一掛，這大福字一貼，不是告訴那些毛賊咱是中國人嗎？」兒子勸道，「你又不是不知道這裡的規矩，小偷進了門，你還不能打他，只能眼睜睜地看著他把東西拿走！」

「這裡哪來什麼小偷？總聽你們說，我也沒見過。再說，你看看家家戶戶玻璃門窗，是防小偷的樣子嗎？要不，就像咱國內那樣，加個防盜門、防盜網！」韓大媽有些恨兒子沒個大氣的樣子。

「媽，你看看，鄰居有哪家裝了防盜門，防盜網？人家都不裝，咱們裝它幹什麼？」兒子狡辯道。

白先亮默默地調下油鍋，拿了叉篙，默默地將四個大紅燈籠一個一個地取下。兒子卻挪不開腳，就這麼看著。

媳婦過來打起圓場，「爸爸，別取了，就掛這兩天吧，挺好看的，也挺喜慶！」

白先亮一聲不吭，默默地拿了燈籠，進了屋，放在車庫裡；又出來，再將大門上的紅福字取下。兒子正擔心父親要取屋裡各門上的福字時，父親卻沒取。

氣氛一下子顯得有些沉悶，好不容易捱到吃了午飯。兒子忽然想到，父母來到新西蘭都快一年了，還哪裡都沒去過，再說，自己剛才的態度不太對，處理得不太得當，就說，爸媽，我們到黑沙灘去轉轉吧，看看西海岸的海。孫子一聽，高興得不行，大聲嚷著要去。本來，老兩口不大想去的，繞不過孫子，心想，那就去看看吧。

到了黑沙灘，海風和緩地吹著，海浪一排排地捲著白色的浪花，打在岩石上。長長的黑沙灘蜿蜒著伸向遠方，細細的黑沙純得讓人看不到一星雜色，軟軟得鋪在地上，如同舒服的黑天鵝絨細毯。歡歡歡快地打了赤腳跑著，兒子媳婦只得跟在後面，留下老兩口在後面慢慢踱著步，被遠遠地落在後面。

等到捉了歡歡往回走時，卻不見了父母親。兒子媳婦有些慌了。爬上坡一看，還好，父母親坐在草地上供遊人休息的長靠椅上，旁邊還有一對同樣銀髮的老人，在聊著天。兒子訕訕地走過去，想問候一下，但在風中聽到兩家老人聊得很投入，就止步了。

「唉，人人都說這裡是老人的天堂，但是，太安靜了，太冷清了，連大過年的都這麼冷清！」

「是啊，但孩子們在這裡，咱回國去幹什麼呢？不都是為了孩子嗎？」

「再說了，咱們到這裡，好壞給孩子們掙個好名聲。要是回國去，街坊鄰居問起來，還以為這裡有什麼不好呢？」

「就是，人家不會說這裡不好，只會暗地裡說，瞧這老兩口，跟自己的兒子媳婦都處不好！」

「是啊，將就點吧，別壞了孩子們的名聲，像咱們這把年紀了，今天晚上脫了鞋，還不知道明天能不能穿上呢！」

兒子聽到這裡，心裡說不出的滋味。看看遠處，一大群海鳥在海風海浪間飛來飛去，映在西邊五彩斑斕的夕陽裡。而那一抹抹的中國燈籠紅潑在彩雲裡，特別地鮮豔，特別地耀眼。

情人節的禮物

阿珍總是一個人帶著孩子在奧克蘭，老公則在國內。剛移民頭兩年，老公也還與她一起待在新西蘭，老公憑電腦設計技能找到了一份工作，自己也開了一家小商鋪，大兒子也與他們在一塊，小兒子則放在國內外婆家。一家人就這麼平平淡淡過著。

其實，這兩年算是夫妻倆自結婚以來一次性待在一起最長的一段時間了。剛結婚那陣，老公在一家外資企業工作，經常不著家，一年大部分時間都在各地出差。後來還被派住美國一年。等到老公從美國回來，大兒子已經快半歲了。看著父親從美國帶回來的玩具閃爍著燈光，唱著音樂，大兒子怯怯地往阿珍懷裡鑽，哭著叫著就是不讓他爸抱一下。回國後老公還是一如既往，成天在各地奔波，家裡連旅館都不如，最多就是春節期間能住上一兩周，而這往往是走親訪友的時間，夫妻之間還是說不上幾句話。本來老公就是做技術的，平日裡話就不多，待在一起，老公也沒多大興致哄孩子，更多的時候都是一個人在那裡忙電腦，所以阿珍心裡知道，老公回不回來無所謂，回來後只是增加一個人吃飯而已。

就這樣夫妻倆過了十年，竟然沒吵過架，每次好不容易聚在一起，前面兩三天總有些新鮮感，等到要吵架了，老公又要離開了，阿珍想想，還是算了吧。老公有時會悶悶地蹦出一句，不舒服咱們就吵一架吧！看阿珍不說話，老公想了想說，這樣吧，過兩天，我打電話回來時，你跟我吵。

這種生活一直持續到移民到奧克蘭。兩個人整天廝守在一起，吵吵鬧鬧反倒成了家常便飯。但阿珍人反而開朗起來，臉上紅潤，也不知是否生了小兒子的原因，身材有些發福了。老公卻沒有移民前開朗，本來就沒多少笑容的臉上更是多了份愁苦，總是顯得悶悶不樂，鬱鬱寡歡。其實老公有一份年薪近六萬的電腦程式員工作，甚至有機會回深圳出差。

阿珍心裡總疑心那次出差，就是那次從深圳出差回來，老公就下了辭職回國的念頭，說誰誰誰在國內掙了大錢，誰誰誰自己創業開了公司。這誰誰誰以前都不如老公，阿珍心裡也知道，就是這回國出差讓老公花了心。

老公是個倔脾氣，阿珍也只好同意他回深圳去。公司老闆聽說後，竟然願意讓他到深圳創辦分公司。阿珍覺得這新西蘭的老闆是真不錯。但是，老公卻不買賬，偏要辭職回國，說是破釜沉舟人自在些。阿珍氣得不行，也只好安慰自己說，讓他撞個頭破血流後再說吧。再說，老公人心還年青，讓他還在外浪幾年。

這一回國又是三年過去了，說是與朋友合夥，老公算是技術入股，為軍工企業開發一套遠端控制系統中的一個子系統。阿珍的一個死黨有一次含蓄地說，你老公怕是想回國去快活吧，是不是這麼多年你老放他的鴨子把他心放野了？阿珍心裡初還一疙瘩，後來隨即說，他要想在這裡放鴨子還不是一樣地放？有了那個心，在哪裡還不都一樣？

但這次無意中的聊天還是讓阿珍連續幾晚上沒睡好。想想這結婚十年了，自己獨守空房，生娃養娃，現在更好，遠離雙親，跑到這鬼地方來，放著好好的家不過，這都是在幹什麼？老公整個心都似乎不在這個家裡，孩子慢慢大了，整天纏著自己，一點志氣都不長。想來想去，氣都不順。正好老公長途電話過來，阿珍也不心疼電話費了，在電話裡又吵又哭，弄得孩子也在一旁大哭。老公本來是想告訴她，產品研製很順利，成功似乎在望了。阿珍卻毫不在意，在電話裡哭鬧著說，產品，產品，你什麼時候把咱娘倆當個家了？要你那些錢有什麼用？

老公想可能是阿珍想小兒子了，竟然招呼也沒打，就將小兒子從國內帶過來了。沒曾想到，把小兒子摟在懷裡還沒親完，老公就說，一周後我還要回深圳去。阿珍氣不打一處來，拎起老公的包就往外扔，「你滾！不把這當個家，就永遠別回來！」

自此之後，每次老公打電話來，阿珍就吵，沒來由地吵，吵到後來，連自己都覺得沒什麼意思了。看著兩個哭鬧的孩子，阿珍想，瞧這日子過得！早知如此，還不如不移這民呢？至少自己還在銀行信貸處快活吧，不至於跑到這鬼地方來作留守妻子！這日子真沒辦法過了，再說，自己還年青，離更年期還早著呢，怎麼自己像更年期的老女人呢？長痛不如短痛，離婚算了！

有了這想法後，阿珍反過來平靜了。老公打電話來，阿珍不再吵了，只是靜靜地聽。老公本來話就少，阿珍不說話，這電話也就沒辦法打了。往往兩個人沉默半天，老公只好說，我掛了啊，還有事。就掛了。掛完後，阿珍就發呆，發完呆就抱著兩孩子哭。心想，下次一定要給他說，這日子沒法過了。

老公又打來電話了，卻也不說話，阿珍也不說話。老公等了等，開了口，「阿珍，我想送你個禮物，你說吧，不管你要什麼，我都給你。」

阿珍還是不說話，心想，這麼多年了，還想到送禮物，當初談戀愛時連玫瑰都不知道買，你還知道買什麼禮物！

沉默了一會，老公諾諾地說，過幾天就是情人節，我想回來看看，也給你帶上個禮物，真的，我想過了，這麼多年真苦了你！

阿珍聽了，眼眶一酸，哽咽著說，老公，我什麼禮物也不要，我只要你以後每天能陪我一個小時，真的，我只要一個小時，每天就一個小時。

撿破爛的日子

上

來奧克蘭之前，我們就從網上看到窮人移民們從破爛裡淘金的故事。沒想到來了剛一個星期，這種好事就被我們碰到了。

那天我們出門去商場，看到一個好好的吸塵器扔在路邊，拿起來一看，是「金星」牌的，好象就差個中間的連杆，吸嘴都在。看看周圍，很明顯是人扔出來的，再看看離租住的房子沒幾步遠，就拎了吸塵器放在了租住房間的門口，就又出門了。

從商場回來，還沒坐穩，房東老徐就敲我們的房門，遞給我們那個吸塵器，說，「你朋友給你送來個吸塵器。」他知道我剛單租了個房子，就想當然地認為是我朋友送給我的。

我謝了他，插好電源一試，好的！只是差一截中間的連杆，但也沒關係。好在不用買這個大件了。要知道，我們租的房子像大多數奧克蘭的房子一樣，是地毯的。這吸塵器是國產的，勁大，而且是無袋型的，不用另買那種一次性的灰塵袋放在裡面，更是省錢了。

過了幾天，看到街上外面扔的東西到處一堆一堆的，問老徐，他才想起來，是扔大垃圾的時候了。原來這裡有一種習慣，每年市政府給居民一次機會，將家裡不用的或是壞了的電視、冰箱、洗衣機、床等傢俱扔到街上，政府免費幫你拖走。因為有許多用品都是好的，只是因為人們換新用品，或是嫌在家裡佔地，就給扔出來。後來我們知道這往往是窮人或是移民們垃圾淘金的好時機。當然更是有專門的舊貨公司開著車到處收貨。這也帶來了一系列的社會安全問題，因為扔出的垃圾是當地社區貧富的一個表現。也有因淘垃圾引起的交通問題。這對於本文來說當然是題外話。

對於我們來說當然是黃金季節。剛剛移民，無所事事，正好出去轉轉，碰到合適的就往家裡撿。什麼包包、書、練習本到處都是。我剛租了房子，空空的房子正等著傢俱去放呢！一出門，發現不遠的拐角處，有一小冰箱，連忙折回來，告訴妻子，都很興奮地去看。一看，還好，有插頭，兩個人也不嫌髒，將冰箱抬起來，像兩隻小螞蟻。剛搬了沒幾步，妻子撐不住，也難怪，咱們在國內沒幹過這活。正心不甘，突然發現不遠處有一獨輪車，鏽跡斑斑。我立馬跑過去，推起來一看，還行。就將獨輪車靠在籬笆邊上，兩人將冰箱抬上獨輪車。但車底下卻不平，本是人家推砂的那種小車，冰箱就在裡面晃著。妻扶著，我也用盡了力學上的平衡原理，歪歪斜斜地往家裡推。剛剛推到門口，獨輪車散架了，好在獨輪車不高，冰箱沒有倒下去。兩個人一身汗水笑著，心中竊喜自己的好運氣。

突然按常識想到，冰箱如果不是壞的，人家扔出來幹什麼？咱們還得往外扔。獨輪車也壞了，想抬出去，就再沒那麼容易了。

我不甘心，就跑到扔冰箱的人家去敲門，也不怕他家的大黑狗了。那人在籬笆內露了兩隻眼睛，說：「什麼冰箱？那是壞的，我都放車庫好幾年了。」他看我英語不好，也不像壞人，就打開門一看，吃驚地說：「誰這麼快就把那破冰箱撿走了？」

我有些高興地回來了，因為這個隔幾家的洋人鄰居並不知道是「我們」撿走了。回來看到妻子正洗著髒兮兮的冰箱呢。

「別洗了，人家說是壞的。」

「是好的，我剛才插好電試了下，能響。」

「是嗎？」我半信半疑，沒聽到什麼響聲。打開上層的冷凍室，一摸內壁，冰手！

正高興著，朋友老林小夫妻來了，遠遠地抬來一具三人座沙發。「我看到這個沙發不錯，就給你撿來了。」老林說著，「你看這墊子不錯，雖然有些舊，但品質很好。你如果不想要，我們就再扔出去，墊子我是要的。」

看到冰箱，朋友說，這是F&P的，新西蘭名牌（其實這裡就這一冰箱生產廠，品質倒是真不賴，最近剛被國內的海爾投資入股了），買起來很貴的。你運氣真好。我當時買那二手破冰箱還花了我三百塊呢。

我連忙用金星牌吸塵器使勁吸了兩遍，就請朋友坐下聊天，吃稀飯了。再說肚子也餓了。

家裡當然沒有餐桌，大家就著灶臺吃著。

是啊，麵包會有的，牛奶也會有的。

我們當然無法知道一個星期後，我們就有了餐桌，而且還不止一個。

我們更不知道，以後有一次，我們去早鍛煉，又發現一截吸塵器杆，拿回來一試，呵，大小還真配套，連白色都一樣，就給「金星」配上了。

下

我們還是繼續無事可做，每天吃完飯就出去撿垃圾，樂此不疲。小到書籍本子賀卡，孩子的坐椅，玩具，中到孩子的推車、書桌，大到床鋪家電應有盡有。每天，我們出去都有不小的收穫和快樂。當然床具，妻子是決不撿的，因為我們從國內運了新的硬板床過來，妻是城裡人，不喜歡用人家舊了的東西。我是鄉下人，移民到這裡，更是鄉下人了，毫不在乎，再說，還能省錢，何樂而不為？

我們住的好像是個富區，來撿的人特別多，我們是國內來的讀書人，撿東西也比當地人或是印度人斯文。這也反映了英文程度與臉皮的差別。人家往那裡把車一停，就等於狗撩起腿撒尿佔地一樣，咱們就不好意思去撿了。有一次，妻發現一堆新扔出來的家俱，正覺得不錯，一當地人與一印度人一下就轟過來，一點都不顧職業道德。好在我們先下手為強，撿了一套銀質的梳子，刷子與鏡子，其他很古董的梳妝櫃就被他們很快塞進他們的車裡去了。我很是唏噓了一場，還怪責妻子的不力。

後來我也就拋開臉皮，帶上兒子一起去淘金。一天早上，我在上學的途中，發現了一套很好的鋼腿餐桌。如果撿回去，肯定要誤一趟公共汽車。這裡公汽不比國內，間隔比較長，誤了一趟，就得遲到。但如果扔在那裡，心有不甘。想來想去，如同叫化子撿了金子。最後心一橫，將四條鋼腿撿起來藏到一叢花裡，這樣人家即使撿去桌面也沒什麼用。下午從學校回來直奔花叢，渾身是汗地將四條鋼腿抱回家。妻說，又不打架，拿這東西回來幹什麼？聽我一解釋，連忙與我一起，急急地跑到山坡上，將桌面抬了回來。從此我們有了餐桌。唯一的缺點就是有些不穩。好在我們將餐桌靠在牆邊，簡單地解決了這個長期困擾我們的吃飯問題。

當時我們剛剛會開車，不敢開遠，開車撿垃圾是個很好的練車方法。好在當時汽油價格低，我們也沒心疼油價的心態，整天沒事就開個車出去轉，後來朋友們都很驚奇我們對當地小街小巷的熟悉。

撿垃圾也讓我們增進了對當地的瞭解。有一次，我們正在翻著，一位老太太對我們說，你等我一下，我還有一個床頭櫃。我們就等著，不一會老太太拿來一個純木頭的床頭櫃，雖然有幾個屜子推不太攏，但木頭櫃子品質很好。我們直到今天還用著，讓我想起那個善良的老人。

撿垃圾其實最煩的就是碰到下雨。好好的東西被雨一淋，軟體鼻涕蟲一爬，我們就特別覺得噁心，不像當地人，手拿著鼻涕蟲像拿著一條棉花糖。但我清楚地記得，有一次，在北岸的一個高坡上，我們被突如其來的陣雨趕回車裡去。突然四歲的若余抹著臉上的雨珠，指著天上說，快看快看，彩虹！一道彩虹！

我們遠遠地看去，一道彩虹清晰地掛在有些青綠的天上，是那麼光鮮，那麼迷人。

我們要交好運的！妻說。妻每次看到彩虹都會這麼說。

看，又出現了一道彩虹！兒子的小臉上掛著興奮。我們再抬頭一看，真的，又出現了一道彩虹！

我們該有怎樣的好運啊！

不，是三條彩虹！兒子又叫起來。陣雨停了。我們一家人都下了車，看著這天上的奇觀。有些路人也被我們歡呼吸引，駐足觀看。

真的是三條彩虹，一環套一環，靜靜地掛在那裡。

那是我們迄今為止看到的最美的彩虹。

真的。我以後再沒有看到那麼美的三重彩虹。

螃蟹風波

本故事純為虛構，請勿對號入座。

背景介紹

二〇〇九年耶誕節長假期間，許多旅遊者（含華人）前往北地某海灘捕螃蟹引起當地居民不滿，並被當地報紙報導。不想此事竟成追究華人責任的導火線，形成所謂的「螃蟹風波」。然而，長期苛求華人移民的本地主流媒體反無什麼動靜。

話說在遙遠的南半球，有一個女靴島，島上有一個未莊，凡是以向前看自居並聞名。自從皈依基督後，這未莊就改為末莊了，說是要迎接末世到來。雖然村名改了，但末莊人還是喜歡飲茶空談。

某日，在末莊的八方客茶社，一干人等正在飲茶。雖有茶客小啜低談，倒也暫時清靜。

忽然，一尖嗓門叫將起來，大家以為是報童叫賣，心說，自《自民晚報》後，再無收費報刊呢。

「不得了，不得了！上千華人竟然在北地海灘製造事端，惹得洋人發火了！洋人發火了！」一穿洋服的進來了，仔細一看，原來是假洋鬼子。

「怎麼回事？」阿Q問道。

「還怎麼回事？耶誕節前後，上千華人竟然都跑到北地海灘撿螃蟹去了！」趙老爺痛心疾首。

「那又怎麼著？」小A叫道。

「你不知道哇？虧你來女靴島這麼多年！這海邊上的螃蟹是你能隨便撿的麼？」洪都拉斯不屑地說，自打三年前，家庭團聚移民來此，洪哥就入鄉隨俗，取了英文名了。

「怎麼毛島人撿得，我們就撿不得？」阿Q還不太理解。

「在哪呢？在哪呢？我怎麼不知道哪個地方可以撿螃蟹，抓龍蝦，捉鮑魚呢？」小D一聽就急了，心裡有些後悔。上次去市場上買螃蟹還三元一隻呢。

「你呀，真是哪壺不開提哪壺。人家現在正在談環保，談文化，談子孫後代的大事呢！」提燈籠打更的趙四說，自從跟了趙老爺，趙四總算找了個工作，雖說有些苦，但好壞算是個工簽。

「但我明明上次聽他們說，在什麼地方幾個人一起抓螃蟹龍蝦煮鮑魚下酒，一干人等高歌女靴島的天然隱居呢！」

小B總是喜歡附庸風雅，跟著裝。

「那是當然了！人家跟你一樣嗎？人家那叫享受生活，你呢，你也配去撿！？別以為你移民了，跑到這地方來，就真的與人平等了。人家當初在國內就比你高一等。人家撿得，你就撿不得。人家是弄社團，考察環保，寫文章，品生活，你呢，只會放屁吧。」那是老G，看問題向來一針見血。

「你就別討罵了！人家現在報上大談咱末莊人的不是呢，瞧，不是，洋人都發火了！」阿P也加了進來，他是阿Q的兄弟，上次探親時黑下來的，提到洋人就有些怕，正在給趙老爺的一個親戚打黑工呢。雖說都是人家不願幹的活，好壞也得幹啊。

「就是，竟然還有人說，這女靴島是咱們大家的！你說，這還是人話麼？」長著一把山羊鬍子的智叟老漢好不容易加了進來。

「是啊，咱們末莊要生存，當然要和洋人的步子。去去去！」趙老爺有些煩了。

「聽你這話，你肯定去撿過了，是不是？」小D插科打諢。

「我撿個啥呀？我還有閒錢跑到那地方去！你沒看汽油價都趕上美國了！你說，這美國佬人家就聰明，打著反恐的旗號，不就為了這石油？看他們正義這麼多年了，油價不降反升，這不，全世界都為美國人買單呢！」小C這幾天正煩汽油價居高不下呢。

「別跑題了。你說這抓螃蟹好象沒犯事啊，要不，洋人要就將他們下獄了！人家報上早就報導了！」小S喜歡雖反調，但這是討大夥不高興的。

「瞧你孤陋寡聞不是，人家報上早就報導了。我這就是從洋大人報上弄來的。真是，丟了咱末莊人的臉呢！」假洋鬼子有些生氣了。假洋鬼子曾經拿個洋人的什麼獎章，整日熱血沸騰，嗅覺跟洋人緊得狠。

「咱末莊人的臉是他們幾個說丟就丟的嗎？」這是老鐵，臉皮厚得不行。

「就是，自打咱華人移民女靴島，被收人頭稅後不就膽小得很麼？據說犯罪率比毛島人低得多呢！」這是老鐵的哥們，老銅。

「真的有上千的華人去那裡？咱華人什麼時候這麼一呼千應了？」小Z有些好奇。

「是啊，聽說上了百人的聚集，員警就會來過問呢。這裡的員警抓小偷不快，幹這事還是挺快的。再說有證據證明都是華人嗎？」小L是這裡的律師，談吐間都顯出法律的味道，當然是職業的習慣。他的生意向來不錯。

「屁大點事，鬧得水響。是應該告訴大家以後小心為上！但也不至於上綱上線，說什麼文化衝突，什麼民族陋習。這些個社團組織的，拿了人家的錢，也沒見做什麼事，有點風吹草動，就以為露點的機會來了。什麼名人，高級騙子罷了，還偏偏喜歡居高臨下地教訓人！咱聽來看去，就覺著味道不對！」阿一總喜歡懷疑。

「什麼味道不對？看看你，酸勁上來了不是！？」阿二喜歡與阿一抬扛。

「什麼酸勁？我看你就是五毛黨。」這是洪大媽，政治覺悟很高。一邊拿著國內退休的津貼，一邊拿著女靴島的福利，一邊領導著某個社團，雖說沒做什麼事，但是名片上頭銜一大堆，顛倒黑白的本領也是相應提高。

「對，我怎麼覺著眼熟？上次輪子聚會你不是舉紅布的麼？還有，你不是什麼積極分子麼？」這是吳媽，自從上次被阿Q戀愛過一次後，與洪大媽靠得很近。

慢慢地，議論的聲音小了下去。天也黑了，茶社的人慢慢散了。

作者簡介

張穎

筆名恭常寒砂，一九八三年出生於中國重慶，二〇〇一年後到新西蘭留學，在奧克蘭大學建築學院完成本科和碩士學習，期間陸續發表小說、小微型小說、詩歌、散文等作品五十餘篇，二〇〇八年後移居澳大利亞生活，現居住於悉尼。

兩只指環的愛情

首飾店明晃晃的櫥窗裡，有一對水汪汪的大眼睛，正直直的盯著隔壁櫃檯裡的一枚不起眼的銀指環發呆。

她想：「他的身材真魁梧，真是我喜歡的類型。可惜神情太暗淡了，好像對生命失去了希望一樣。要是我能去他那邊多好了，或許我跟他說說話，解解悶，他就會變得明亮起來。」

正在此時，一對年輕的戀人走進了首飾店裡。

女孩指著她，眼神充滿嚮往的對男孩說：「我想要這枚鉑金的鑽石戒指！」男孩一看標價，神色顯得很凝重，額頭上似乎都冒出細細的汗珠。

男孩遲疑了片刻，對女孩說：「小琪，我答應以後掙到足夠的錢，就買這個戒指給你，好嗎？現在我除了去搶銀行，真的是買不起。」他說著，語氣中帶著不安，但是看的出，他是真心想給女孩買這枚戒指的，只是時間的問題。

女孩不開心的撇撇嘴，美麗的面龐流露出失望的神情。

男孩對店員指指在銀飾櫃檯裡的一枚做工很別致的男式指環，並說要買下它。她一看，這不就是她一直以來深深愛著的那枚暗淡的沉默的傢伙嗎？她不明白這個男孩要買下這男式指環的用意。她也很傷心，感歎分別的一天來得如此突然。

由於她的昂貴，和他的黯然，他們一直守在櫥窗裡，看著其他的同胞們從作坊被帶到店裡，然後又被顧客帶走。她以為他們永遠都不會有分別的一天，她以為他可以一直看著他的安靜與默然，然後一直這樣默默地喜歡他。

「小琪，」男孩把自己脖子上的項鏈取下來，然後把擦亮了些的指環套進去，再把套著指環的項鏈，掛在女孩的脖子上，「你先帶著這枚指環，它就算是我發誓要送你鑽戒的證明！這項鏈是我奶奶過世的時候傳給我的，我現在慎重的把它作為我們愛情的見證！」

女孩望著男孩誠懇地眼神，心裡暖暖的，臉蛋紅紅的，她忍不住輕輕吻了一下男孩的臉。然後他們手牽著手，一起走出首飾店。

從此，她像失去了魂魄一樣，也開始變得黯然失色。她每日每夜都在思戀著他，不知道他在那女孩的脖子上，過得好不好，會不會在外面受到嚴寒，或者酷暑的考驗。她多麼渴望能再看到他，哪怕就一次。過去能遙遙相望的時光，都是如此值得懷念。

又是幾個月過去了，店裡進來一對情侶。男的大約四五十歲，而女的只有二十歲出頭。她仔細看看這個身著豔麗的女孩，覺得如此面熟。忽然，她被女孩脖子上閃現的寒光和傷感猛地一震，她不敢相信自己的眼睛，那不是她日夜思念的他嗎！

天啊，感謝上帝讓他們再一次相遇了。

女孩指著她，對那中年男子說到：「我要這個，一直都很喜歡。」那男人看了看價格，眼中似乎也還是閃過一絲訝異，不過很快就恢復了平靜。他微笑著看著女孩，用很沉穩的音調說道：「那你是不是就一輩子跟著我了？」

女孩眼中似乎寫著一種她看不懂的東西，她只看到女孩很溫柔和害羞的點著頭。

她被女孩戴在手指上，這樣她就能時常抬頭看到他，一如既往的冷漠著。她想跟他說話，可是總是找不到合適的時機。而他，似乎比以前更加的冷峻，眼神裡沒有什麼光澤，身體似乎也變得瀛弱了許多。她為他的現狀而擔憂，她希望他可以開心起來，但是她知道，自己的力量是微薄的，因為他也許從來都不知道她對他的愛，也許他從來就沒有愛過她。

女孩的電話響起來，「喂？誰啊？你啊！不是說了我們分手了嗎？你還打電話來做什麼？」

……

「什麼？你說你給我買了戒指？不要開玩笑了，你買得起嗎？再說，現在那戒指已經沒有賣的了。」

「……」

「我就是這樣啊，一開始你自己眼瞎了，活該！」

女孩掛掉了電話，沒有留下餘地。

但是她分明看到，女孩臉上掛著淚珠。她也弄不明白這個女孩到底是怎麼想的。不過她忽然想起當初男孩將他買去作為信物的一幕。忽然莫名其妙的很心痛。

她抬頭看看他冷漠而傷懷的眼神，忽然覺得一身寒氣。

女孩的電話再次響起，她沒有接。又響了幾次，她就把手機關機了。

女孩忽然開始嚎啕大哭起來，眼淚滴到他的身上，也落到她的身上。她覺得用女孩的淚水做媒介，她就能感到他的溫度，也能體會他的感受。忽然，她記起，在她剛剛被帶到首飾店的那天，他似乎也在流淚，他望著一枚比他嬌小很多的銀戒指被別人帶走了。從那以後，他就越來越黯淡，越來越沉默。而她，卻愛上了他的黯然神傷的感覺，和他緘口不言的氣質。

女孩脖子上的項鏈，忽然自己斷掉了。他被重重的摔在了地上，臉被劃畫了一塊。她心疼得看著他受傷的臉龐，感到他的鮮血正一滴一滴的流到時間的盡頭。

第二天，女孩去獨自走到學校後山的一棵櫻花樹下，她顫抖著雙手把他和男孩送的項鏈從一張白色手絹裡取出來，淚水打濕了手絹。她跪在櫻花樹下，開始回憶她和男孩的一切過去。她知道有些事，有些人，一去就不復返。

男孩為了留住心愛的戀人，拚命的打工掙錢。當女孩說出要分手的時候，男孩為了最後一搏，去借了高利貸，然而他去店裡發現那鉑金戒指已經被賣掉了，於是他只好到處尋找相同的指環。最後他終於如願以償的買到了。但是，女孩還是不肯回頭，當他再去當掉戒指的時候，當鋪的店主告訴他，那是一個仿製品，根本不值幾個錢。

就在女孩脖子上項鏈斷掉的一刻，男孩選擇了將自己的生命結束。他用刀片劃開自己手腕上的動脈，看著鮮血一滴一滴的流出來，落在地上，如火紅的玫瑰，朵朵盛開。

她被女孩從手指上取下來。她被女孩狠狠的拽著，然後被她放到口袋裡。就在被裝入口袋的一瞬間，她又一次深情地看了他一眼。他被女孩的淚水弄得濕濕的，卻顯得比往常明亮了許多，也許只是淚水反光吧。他被女孩深埋在泥土之中，作為她對錯失了的，不能回頭的愛情的最後祭奠。

女孩找到那個中年的男人，把她遞到他的手裡。她望著女孩慢慢遠去的單薄背影，開始懷念起他來，他已經死了，早已入土了。再也不存在了。留下她一個，存活在這紛雜的世間，以後的路，還很遠，她又將何去何從呢？

作者簡介

穆迅

河北人。一九六五年畢業於中央美術學院附中。一九七〇年畢業於中央戲劇學院舞臺美術系。一九七三年分配到上海革命樣板戲「海港」劇組。文革後任上海京劇院舞美設計師。一九九〇年底移居新西蘭奧克蘭。二〇〇九年以前從事繪畫活動，在國內外多次舉辦過個人畫展。二〇〇九年開始嘗試漢語寫作，作品發表於奧克蘭當地華文報紙。

砍價

明天上午就要到人民大會堂參加開幕式典禮，大衛楊要穿的正裝還沒有著落。這輩子頭一遭進大會堂，怎麼著也要撐點面子，別寒摻了自己。何況大會一個勁兒地強調進大會堂必須著正裝呢。

「那就出去買套西裝！」大衛楊立即決定：「穆迅，你是北京人，你領路。」

「這都幾點鐘了，大黑天的店門都關了吧。」我還是新西蘭的洋腦筋。

「惠水街的大賣場還沒關，到九點鐘呢。」老選正好路過，聽到我們的議論，建議道：「離這兒只有一站路，還有兩個小時，來得及。」

大衛楊二話不說，拖著我出了中國大酒樓，直奔大賣場。

夜晚的北京街頭，依然喧嘩，繁忙。那風騷的勁頭也決不讓白天，被彩色燈光勾勒出外形的擎天大樓群山似的層層疊疊，大樓裡，點點明窗繁星密佈，裝補了黑暗的天空。樓群下喧囂的馬路燈火通明，一排排，一串串，密密麻麻的汽車紅色尾燈和明亮的頭燈閃爍著，交錯著，大河般地緩緩流動。路邊商店紅紅綠綠的霓虹燈晃著人們的眼睛，店內亮如白晝，照列還有人進進出出。

一個轉彎，「惠水街」三個霓虹大字，映入眼簾。回頭招呼大衛楊，人卻不見蹤影。趕忙四下搜尋，原來他已站在路邊的服裝店裡，正抬頭審視著架上掛的一串串西裝。我跟了過去，趁勢也翻了翻西裝上的標價。好傢伙！一千多元一套！花這麼多錢，去一趟大會堂，也夠心痛的。我衝大衛楊撇了撇嘴，他臉上沒什麼反應，只是不動聲色地又看了另一家服裝店。便扭頭奔向「惠水街」。

進得大賣場，問明賣西裝在那一層，就乘了電梯上去。門一打開，迎面就是個西裝攤位。大衛楊目不斜視，直沖過去，問也不問就挑起了西裝。瘦小的攤主小姑娘見狀忙趨前搭訕，誇起自家的服裝是如何貨真價實。大衛楊略翻幾樣便看中了一種款式，又和我商量起顏色來。小姑娘一瞧有戲，忙不迭地從衣堆裡翻出一套我們看中的同樣西裝，圓圓的小嘴，甜甜地說：「這位大哥可真有眼力，這種款式最適合您了，又大方又體面，穿上它，包你事事如意。」大衛楊聽了，呵呵笑了起來，連忙穿上試一試。嘿！還真是挺合身。

「多少錢？」大衛楊一邊脫下西裝，一邊問。

「一點不貴，您給八百五吧。」

「三百！」

「拜託，你去問問看，我們這兒可是大樓裡最便宜的了！哪裡有三百塊的衣服耶！一分錢，一分貨。大哥開玩笑呢！這麼漂亮的衣服，穿著它，怎麼瞧都顯得你富貴，八百五，真值得！」

瞧這小姑娘，薄薄的緊身花綿襖，靠著你，死纏爛打的。大衛楊沒說話，抹過頭就走。在小姑娘的視線內，挑一個攤檔，停下來又開始撿起衣服來，看他認真的樣子，似乎忘記了不遠處還有個小姑娘。

一會兒，那頭發話了：「這位大哥，過來！過來吧！」

大衛楊顯得有點不情願，姍姍走過來。低頭，嘴裡吐出兩個字：「三百？」

「大哥，一般我們是不改價錢的，看您真心想買，就讓給你，還個價，五百怎樣？」

「五百？」大衛楊抬起頭，瞪大了他那雙小眼睛，直視著小姑娘，又是兩個字：「不買！」說完，轉身又離開了。這回，往遠了走啦，走到小姑娘幾乎看不見的地方，東張西望，像是決心不再理會她了。

雙方就這麼頂著，較勁著，誰也不理誰。可大衛楊心裡明白，時間是站在他這一邊。只要他神態定如泰山，這麼耗著，到頭來那邊必定撐不住，投降的還是她小姑娘。

時間一點點過去，大賣場裡人來人往鬧哄哄的，可是在他們倆之間的場距內卻顯得有點寂靜。

終於，那甜甜的嗓音又響起：「大哥！大哥呀！這兒來，這兒來耶。」回頭看，小姑娘已站在過道的中央，顛起腳尖，伸直了手臂，招呼著，兩條小辮子甩來甩去。

大衛楊迎著那長長的尾音，挺胸疊肚，微笑著，眯縫的細眼放著光，大步跨回來。小姑娘不再說話，雙手捧上西裝，兩眼定定地看著勝利者。大衛楊接過西裝，仔細地審視了一遍，抬起頭，端正臉，向小姑娘那白白的面孔點點頭：「好！」說畢，遞過早已備好的三張百元大鈔，然後轉身走向電梯。

第二天大會開幕了。大衛楊穿著那挺括的西服，貴賓似地出現在大會堂。來賓和朋友，認識的和不認識的，在與他寒暄握手時都禁不住上下瞄上幾眼，著實讓他風光了一陣。

回到奧克蘭，朋友們相聚。我忽然發現那套引我們為自豪的戰利品，從未跟著大衛楊現身，不免有點失落。趁著大衛楊太太在場我便提起那件西服，誰想，他太太一聽，竟然嗔怪起來：「你們這些大男人，真是笨得沒法說。光瞧著好看了，那種料子能買嗎？白給我都不要！」我愣在一邊，看看大衛楊。他端著個酒杯，不說話，只是「嘿嘿嘿」傻笑。

「怎麼回事？」瞅個機會，我偷偷問大衛楊。

「咳！別提了。那套衣服沒穿幾次，就耷拉得像塊抹布似的。早讓太太給扔了。」

「怪不得呢！那小姑娘遞上西裝時的表情，我就覺得她的眼神有點不實誠。」

我事後諸葛亮地嘟囔道……

暗夜桃花

盛夏，我一人面對大海坐在沙灘邊的長椅上。此時夕陽正靠近山脊，遠處的山岩，海島，大海，天空被桔紅色的陽光塗抹得色彩濃豔，紅的愈紅，藍的更藍。

巍聳挺拔的岩石，層層疊疊直刺藍天，在霞光的照射下火一樣的耀眼。而那錦緞般平滑的大海湛藍，湛藍，它美豔嫵媚，深遠無邊。海水偶爾翻漾出一排潔白的微笑浪花。是那樣的純清，溫柔，聖潔。

一對熱戀的青年男女出現在已空曠的沙灘上，比基尼，泳褲裝束，古銅色的胴體散發著青春的氣韻。他們緊緊地相擁在一起，在如畫的美境中，長久地親吻著，親撫著，沉浸在愛神拋撒的浪漫激情之中，不能自拔。忽而女孩子看見了我，卻沒有一絲窘迫和羞澀，反而朝我大方而友善地一笑。那燦爛，幸福的笑容使我心微微一跳，在臉上報以禮貌的回笑同時，我的思緒在飛速地旋轉，倒退，最後停留在一片久遠的黑暗中，有一張略帶苦味磨蝕的笑臉，是不一樣的甜美，不一樣的迷人……

*　　*　　*

文化大革命。北京。

六月的初夏，晚上還是挺涼爽。我獨自借著路燈一邊溜達，一邊流覽著馬路邊各單位貼出的大字報。直到感覺有些疲憊，便返身走回大院。當我正準備進專案組繼續工作的時候，忽然後院傳來稀裡嘩啦的響聲，像是有人騎自行車摔倒在地。不免心生好奇，便轉了方向，朝後院走去。

轉過牆角，迎面橫著一片空地，四周被隔壁路燈勾勒出黑黑輪廓的層層屋脊包圍著。遠處零星的壁燈散著暗暗的昏光。黑暗中，有一人影晃動，不時還傳出嗒嗒嗒的自行車鏈條聲，像是有人在學騎自行車。我停住腳步，不出聲地站在那裡，看著那黑影從遠處趔趔趄趄向我衝來。直到就要撞個滿懷，我才「哎」了一聲。

黑影一下跳起來，失聲尖叫道：「嚇死我了！誰這麼討厭！」手中的車子也扔到了一邊。

「哈！小燕。」我笑起來：「材料不抄，黑燈瞎火地跑這兒來幹什麼？」

「嗨，我當是誰呢。鬼材料抄得我腰酸背痛，出來學學車玩。」小燕一邊說，一邊彎下腰，去拉自行車。

「鬼材料？這兒才有鬼呢！」我嚇唬她。也伸手幫她扶起車子。

「那你跟我一塊兒練。」她回了一句。這下可好，原本想勸她回屋，不但她沒回去，卻把我也繞進去了。正在興頭上的她，看來鬼也攔不住。

沒法子，只好陪革命小同志學車嘍。小燕比我低一年級。瘦小，機靈。與我前後腳進專案組的，她家在外地，所以就住在專案組。

我岔開腿，將車子扶正。小燕坐上去，我慢慢推動，待車子有一定速度後，再放開手。小燕搖搖晃晃地向前走，沒幾步她就控制不住，「咯，咯」一笑，急忙跳了下來。我只好再扶她上車。就這樣我們上上下下反反覆覆地練著，而她那嘻嘻哈哈地笑聲也從始至終伴隨著。看來小燕的興致很高，做著如此單調的上下，卻玩得津津有味，一點兒沒有要停下來的樣子。

「這車怎麼和別的不一樣啊？總覺得彆彆扭扭的。」忽然小燕有點悻悻然。

我走上前，藉著微弱的天光，仔細端詳了這輛車，晃了晃車把，戲謔她：「你倒是真有功夫，歪著把也能騎這麼長時間。」

小燕淺淺地哼了一下，不再作聲。我偏腿夾住前車輪，雙手握住車把，調整著角度。黑暗中車子模糊不清，我只好小心翼翼慢慢矯正。這時小燕也輕輕靠了過來，似乎想「看」我怎樣修車。未幾她的身體漸漸貼近我，一粒尖尖的小東西在我手臂上劃弄。起初我沒在意。那小東西偷偷加強了壓力，我明顯感到一個柔軟而富有彈性的肉體透過輕薄的衣衫貼緊我的手臂，那是女孩子上身最敏感的部位。我像中了魔一樣，有股酥酥痲痲的電感，瞬間通向全身。我待在那兒，心裡一陣潮湧，呼吸短促，神情失魄，懵懂，不知所措。

溫熱的肉體持續地貼附了一會兒，似乎像是警覺了什麼，又自動悄悄地離開。小燕轉到車座旁邊，我下意識地跟了過去，一隻手握著車把，一隻手扶著車座，正好圍護著小燕在我的胸前。她沒有上車，站在那裡不動。兩人靜默了好一會兒。

夜色隨著燈光的減少愈加墨暗起來，大院外偶爾掠過毛澤東思想宣傳車的高音喇叭聲突顯著後院更加寂靜，涼風輕輕吹拂，帶來一絲絲冷意。我們像是默契，又像是避寒，身體自然緊靠在一起。沒有聲音，沒有響動，她靜靜地依偎在我的懷中，蓬軟滑順的頭髮摩挲著我的下顎。那溫暖輕柔的身體散發著陣陣女人特有的乳奶清香。我陶醉著，獨享著，心砰砰地衝動著，沉浸在一種從未體驗過的心蕩神怡之中。我把手緩緩伸進她的腰間，她順勢握住我的手把它推開，卻又不放開它，用她那嬌柔的小手戀戀地搓揉它，搓揉它……

「都文化大革命了，還……」聲音不響，卻十分清晰地從某個角落裡傳了出來。我們一驚！本能地跳彈開。車子「嘩啦」一聲跌落在地。那聲響，在寂靜的後院裡就像有堵高牆倒塌那樣，轟然迴盪！黑暗的空氣頓時凝結住，我們僵立在一旁，不知下一刻將要發生什麼。

時間一秒一秒地挨過，院子裡卻毫無動靜。遠處微弱的壁燈一眨一眨的。不知從哪個打開的視窗裡傳出壓低了聲音的夫妻爭吵聲。我的心鬆了下來暗暗舒了口氣，小燕哧哧地笑起來，彎下了腰……

我們一前一後離開了後院，小燕推著自行車走在前面，不時回頭看著我。大牆的轉角處，有一盞壁燈，在那兒她又回頭。我看到了，這是今天晚上我第一次清清楚楚地看到了她那迷人的甜甜笑容。是那樣的純清，那樣的溫柔，那樣的聖潔。須臾間她的笑容漸漸隱沒在大牆下幕布般厚重的黑影裡，像被一頭巨大的魔獸所吞沒。

我回轉頭依依不捨地癡望著後院，那裡依舊是混混然漆黑一片，好像什麼事也沒有發生。

作者簡介

翁寬

臺灣臺北人。現在居住於新西蘭奧克蘭。

一九五一年出生，美國雪城大學碩士。曾任紐西蘭華文作家協會及大洋洲華文作家協會會長。著有《綠色的假期》、《公主與機器人》等兒童文學作品，也嘗試散文及微型小說寫作。

神仙企鵝

「神仙企鵝是世界上最小的企鵝，公企鵝每天早上成群出海去獵捕食物，要到天黑了才會回來。母企鵝和小企鵝就在家裡等爸爸回家。」年輕的解說員對大家說。為了觀賞企鵝而架設的暈黃路燈把他的影子拉成長條陰影，正好蓋住腳邊一個小小的木箱。如詩舉起望遠鏡，看到海面上有一些小黑點正朝著岸邊慢慢接近，不久，第一隻挺著白肚皮的神仙企鵝爬上沙灘，如詩給楊楊打個手勢，要他準備捕捉鏡頭。

「海天遊蹤」節目外景隊為了拍攝神仙企鵝回家的奇景，專程來到紐西蘭南島的臥馬路小鎮。他們來到海邊的企鵝保護區時天色已黑，看臺上早已坐滿專程來看神仙企鵝的遊客。楊楊事先已和管理員打過招呼，知道電源的位置，立即架好攝影機和燈光，在兩排看臺中間的走道上佔據了最好的位置，不論神仙企鵝從哪一邊上岸，他都可以不遺漏任何鏡頭。如詩把握時間訪問解說員，如畫則躲到車子裡化妝，準備在鏡頭前做報導。

「啊，終於上來了！」有人壓低聲音對同伴說。大家順著他的眼光望去，陡峭的海岸懸崖邊，一隻神仙企鵝吃力的從沙灘攀爬上來，黑色的身體和白色的肚皮形成強烈而有趣的對比。它站在路邊一動也不動，似乎在等待同伴。過了幾分鐘，另一隻企鵝從懸崖邊探出頭來，靜靜的站到它的旁邊。在它們繼續等待的期間，馬路另一邊發出如怨如慕的歌聲，吸引觀眾的目光轉向聲音的來源。眼尖的人驚喜的發現草叢中有一些小小的洞穴，每一個洞口都站著一隻神仙企鵝。草叢邊圍了一圈鐵絲網，每隔幾公尺就有一個小小的破洞。解說員低聲對大家說：「每天這個時候，母企鵝都會站在門口唱歌等公企鵝回家。」如詩仔細聽它們的歌聲，發現每一隻母企鵝的歌聲都不一樣，大約是便於公企鵝在黑暗中辨認回家的方向。

這時懸崖邊又陸續爬上了六隻神仙企鵝，看來似乎是到齊了，公企鵝們開始三五成群挺著肚子搖搖晃晃的過馬路，有的順利穿過鐵絲網的破洞和太太在門口擁抱，有的翻越草坡迎向思念的家園。但是有兩隻企鵝卻不能順利回家，其中一隻進了屋子，又被母企鵝趕了出來，他只好在門口賴著不走，希望太太回心轉意；另一隻進了鐵絲網的破洞又跑出來，又進另一個破洞，發現錯誤又跑了出來，一連走錯三個破洞都找不到他的家。可憐的迷路企鵝在路燈下徘徊，笨拙的又穿越馬路想回到出發點重新認路。最後他在觀眾席前面發現了他的家，原來解說員為了讓買票的觀光客可以清楚看到神仙企鵝，故意把某一隻企鵝的家搬到路燈下，強迫他走到觀眾面前來。這只企鵝由於沒有太太歌聲的指引而弄不清方向，成了實驗室的白老鼠。事實上，鐵絲網裡面的企鵝公寓也是人們建造的，說是是生態保育，其實是便於觀察他們。

楊楊越看越氣，想起自己在電視界努力工作了十幾年，一心想當導演，參與策劃了好幾個節目，結果不是高學歷的新人搶走了他的機會，就是關係比他好的人坐享其成。楊楊眼看著那只神仙企鵝在自己的屋子前遲疑了半天，終於搖搖擺擺的走上前去，忽然跳起來衝到電源開關，拍的一聲關掉路燈，霎時一片漆黑，只聽到女人和小孩的尖叫聲，看臺上一片混亂，如畫的現場報導當然也做不成了。

當她們趁亂隨著楊楊開車離開時，如詩忍不住質問楊楊：

「你怎麼了？為什麼突然發瘋，白白喪失最精采的鏡頭？」

楊楊說：「因為我突然覺得我就是那隻企鵝。」

「那你把燈關掉又能對企鵝有什麼幫助？」如畫平常和楊楊無話不談，知道他的心結，故意激他。

「沒有了燈光企鵝就不會被人類愚弄。」楊楊說：「沒有人類之前，企鵝已經快快樂樂的生存了幾億年，以後還會快快樂樂的生存下去。用不著人們多管閒事。」

如畫說：「對呀，沒有導演之前，演員已經揮灑自如的

英雄本色

遊覽車經過皇后鎮濱湖大道時，所有的人都驚歎於湖景的美麗，尤其羨慕沿湖而居的高級住宅。他指著即將完工的高級旅館說：「當初我本來想買下這個旅館，後來嫌它離奧克蘭太遠，不方便照顧，就沒有買。」沒有人問他這個旅館當初索價若干，想必是大部分人都買不起的。

旅行團下榻的旅館離市區有一段距離，導遊問團員有沒有興趣在吃過晚餐後，搭乘纜車到山頂觀賞皇后鎮的全景。許多人都要去，他卻說：「纜車有什麼好坐的，我們在烏來雲仙樂園早已坐過了。」於是其他團員去搭纜車賞景，他和太太留在市區逛街。

皇后鎮入夜以後燈火通明，商店的櫥窗佈置得優雅而絢麗。太太興致很好，一家店逛過一家店，終於挑中一件漂亮的毛衣，標價三百塊紐幣，折合臺幣近六千元。

「太貴了吧！」他對太太說：「我看到王太太在中午休息的小鎮買了一樣的毛衣，才花了一百六十元。」

「你為什麼不早講？」太太忍不住抱怨。

「坦白說，一百六十元我還嫌貴。紐西蘭產羊毛，每個人平均擁有七頭羊，毛衣沒有理由比臺灣貴。」

太太不再說話，扭頭往外走，他搖搖頭跟在後面。路上傳來的的馬蹄聲，他詫異的發現一輛豪華的敞篷馬車正好停在面前，車夫竟然是一個身材窈窕的金髮美女。他一時興起，問太太要不要坐馬車，太太欣然同意後，他卻覺得車資貴得不太合理，正在猶豫，旁邊一對年輕戀人馬上決定搭乘，美麗的馬車夫向他說了一聲抱歉，馬車載著戀人緩緩沒入綺麗的夜色。

「他們愛坐就讓他們坐吧。」他有點悵然的對太太說：「況且我們的遊覽車也快來了，別錯過了回不了旅館。」

第二天上午導遊安排團員搭噴射汽艇遊河，已入中年的他不想去折騰自己的神經，只好留在市區。他不想陪太太逛街，便自己一人坐在湖邊的涼椅上看遊客餵食水鳥。他看到一個六、七歲的小男孩被一群白色的水鳥圍著，男孩的手抓起一把小米往地上撒，水鳥紅色的喙便集中到小米鋪成的餐桌上爭食，尾巴翹得高高的，小男孩樂得咯咯笑，身邊的女人更是綻放出春花一般的笑容。他想起小學一年級時，老師教小朋友要愛護小動物，他回家後抓了一把米喂院子裡生蛋的母雞，那只母雞也是吃得咯咯笑。媽媽看到罵了他一頓，說他不該那麼浪費，把人吃的米拿去喂雞。他深深感受到貧窮帶給人的限制，長大後拚命賺錢，省吃儉用，現在已經開了三家工廠，又投資許多房地產，可是他還是捨不得花錢。「也許少花的一塊錢，可以替我賺回十塊錢。」他想起那只吃了白米的母雞，後來比平常多下了好幾顆蛋，他把這件事寫在作文裡，老師直誇他是個好孩子。他轉頭看那棟興建中的旅館，後悔當初沒有認股。雖然只是百分之幾的股份，算起來利潤也不少，誰知道皇后鎮的觀光事業會這麼發呢！

當天晚餐他覺得應該證明他花得起錢買那棟旅館，於是點了葡萄酒請大家喝。因為他英文不怎麼靈光，只看得懂酒單上的阿拉伯數字，最貴的也不過十二塊紐幣，於是放心的點了兩瓶。葡萄酒來了，他舉起酒杯勸酒：「導遊說紐西蘭葡萄酒很有名，不輸法國葡萄酒，大家乾啊！」結賬時，他付了三百元，因為是十二元一杯，不是一瓶。他心頭發疼，嘴上卻不在乎的說：「這裡的酒比起臺灣真是便宜多了。」

第二天在前往基督城的的路上，當他跟導遊聊起不久前脫手賣了一棟廠房，賺了好幾百萬，他太太忍不住在旁邊插嘴：「導遊，你別聽他胡吹，廠房賣掉是賺了好幾百萬沒錯，不過我們只有一點點股份而已。」隔座的團員皮笑肉不笑的說：「胡太太，妳別太謙虛，我們又不會向胡先生借錢，我們又不買旅館。」

承諾

他馳騁在碧綠的原野，紫色的野花把草原妝點得婀娜多姿。女人在權杖的揮舞中棄甲曳兵，應和的低吟讓他覺得有如古代的君王。

太平洋彼岸，他的妻子正在為另一個男人洗澡，那是他剛滿周歲的兒子，同時被遺棄的還有另外四個女兒。

許多年以後，他的兒女都已長大成人。他也經歷了不下一百個女人，這些女人個個都是一時之選，要不然身為名醫的他也看不上眼。名醫固然會賺錢，卻比不上美女花錢的速度。所以當他這部賺錢機器宣告停擺後，最後幾個女人很快把他的積蓄榨乾。

當然他也不是省油的燈，這些女人並不知道他只剩下一身臭皮囊，所以還不時到醫院來探望他，巴望再揩一點油水。萬一互相撞上了，還會即興演出一場爭風吃醋爭奪遺產的好戲，讓在場的醫護人員搖頭歎息。

住進加護病房後，醫院被迫通知他在美國的妻子。所有的人都打賭他的妻子不會有任何回應，而那也正是他應得的報應。沒想到妻子在接獲訊息的第二天就攜同身為醫師的兒子飛回臺灣，直奔醫院。在加護病房外，對三個正在商量分配遺產的女人說：「多謝妳們照顧我先生！」然後為遺棄她母子三十年的丈夫辦理出院手續，準備將這個一文不名的糟老頭接到美國照顧奉養。

當他以為自己仍然被女人寵愛，妻子的回答卻像一盆冷水澆醒了他：「我願意說服五個兒子認你，是因為當年我們結婚時，在十字架前承諾無論老病殘疾都要照顧對方，我必需遵守我對上帝的承諾。」

他冷汗潸潸而下，同樣的承諾，有人把它當繞口令念完了事，也有人一輩子放在心上，無怨無悔。

當天晚上，他自己拔掉氧氣罩，因為無顏見到被他遺棄的子女。妻子即時發現，挽回他垂危的生命。他知道上帝不肯讓他輕易開溜，他必須信守承諾，哪怕已經遲了三十年。

作者簡介

魯漢

原名董貴昌，山東青島人。新西蘭華人作協理事，有諸多詩歌、散文常見新西蘭報刊。在中國時系上海市作家協會會員、中國散文詩學會常務理事，著有詩歌散文集《心中的彩虹》、長詩《「中國吉普賽人」之歌》，與人合著有詩畫集《閃光的軌跡》、報告文學集《共和國脊樑》等。

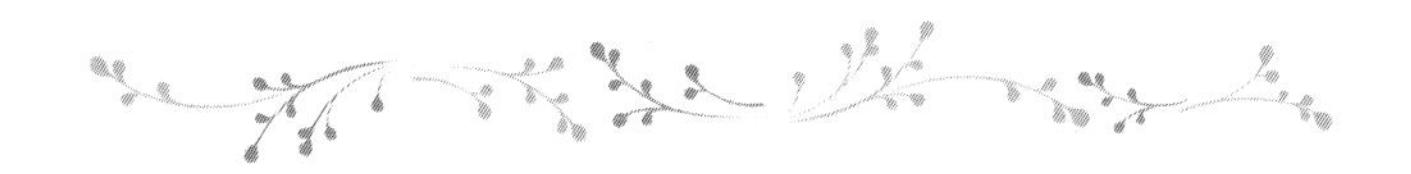

我萍水相逢的洋人朋友

在國內見到洋人的機會很少，偶爾碰到也是在街上擦肩而過，所以對洋人的內心世界一無所知。到了這兒的西方世界，洋人處處相逢，時時可見，所以每天「早安」、「您好」的問候語要重複很多遍。但是，由於過去還聽到一些諸如外國人「不注重親情、友情」、「只認錢不認人」等訛傳，所以，對洋人始終抱著「敬而遠之」的態度。後來，派斯克的出現徹底粉碎了我腦海裡的偏見，原來他們是那麼單純樸實、熱情好客、注重友情。

一天晚飯後，我和兒子在家附近一條路上散步，突然在一家花園裡傳出「你好」的親切問候聲，我抬頭一看，啊！是洋人。雖然他只會這一句中國話，但我們之間的距離一下子就拉近了。接著，由我兒子做翻譯，我和這位偶然相遇的洋人朋友進行了十分融洽的交談。他說他叫派斯克，很喜歡中國朋友。還說他喜歡種花、種果樹，還經常到海裡去釣魚。隨後他問：「喜不喜歡釣魚？」我說：「從小就喜歡釣魚，不過那都是在河裡和湖裡，經常守候大半天也釣不到幾條像樣的魚。」「喜歡吃魚嗎？」「很喜歡。」「那魚頭呢？」「在中國魚頭湯還是一道名菜呢，味道很鮮美。」答者無意，聽者有心，分別時他問了我家的電話。派斯克的隨和、熱情使我內心感動，雖然是萍水相逢，但心裡卻有一種「他鄉遇故知」的感覺。

幾天後，我突然接到派斯克的電話，說讓我到他家去一趟。當我走到他家門口時，他早已在花園裡等著，笑盈盈地遞過來一大袋子東西，並說：「我剛下海回來，這全是新鮮的，送給你一起分享。」我接在手裡一看，啊！八隻大魚頭，足有好幾公斤。我向他表示了深切謝意。真沒想到，以後他每次到海裡釣魚回來都打電話讓我過去，開始是魚頭，後來連魚肉塊也一起給，有時還給整條魚。已經快兩年了，月月次次如此，弄得我十分過意不去。中國有句古話：「來而不往非禮也！」可是給人家送什麼呢？吃的用的人家都不缺。我突然想到了我夫人的絕活——手工藝絲網花和串珠，於是就送去了一束絲網百合花。沒想到種鮮花之人還這麼喜歡手工藝花，他老兩口都愛不釋手，並一再誇我夫人手巧。以後又不斷給他贈送了各種串珠小動物和芭比娃娃，耶誕節到了，又送去了串珠聖誕老人和絲網聖誕花。隨著友誼的加深，他又邀請我們去參觀他家的後院——果樹和菜園。臨走時送還給了我不少棲柚和檸檬，還有花種和菜籽。

有一天晚飯後，我和兒子散步從派斯克門口經過，他馬上迎了出來，很熱情地把我們讓到他家客廳。進去一看，清新而整潔，溫馨而典雅，更沒想到的是竟把我們送他的紀念品全擺放在最醒目的桌案上，這說明他不僅非常喜愛這些手工藝品，更體現了他對我們之間友誼的珍惜。當我們流覽他家牆上掛的照片時，派斯克突然興奮起來，他很自豪地指給我們看一張合影大照片。啊！中間是我們國家的一位重要領導人。派斯克說：「幾年前我家有個中國留學生房客，我們相處得像一家人，他是這位領導人的親戚，合影照片就是他送的。」接著，派斯克又拿出來那位中國留學生回國後的多次來信，說最近又邀請他們夫婦去中國旅遊，吃住行一切都給安排好。他激動地說：「中國朋友好！很念舊情，等甲流感過去了我們就動身。」聽到派斯克發至肺腑的一番話，我真為中國人感到自豪！誠信、好客、珍重友誼是中國人的美德，這也是中國立於世界之林的傳家寶。

從派斯克家回來之後，我久久不能入睡，新西蘭多好呀！氣候好，環境好，這裡人更好！

手機微型小說十則

題記

短得不能再短，精得不能再精，幾行字能悟出人生真諦，幾句話能濃縮人間真情，手機微型小說的魅力，貴在玲瓏。

1.孝順

清明，媽媽讓兒子陪她給奶奶去上墳。

「奶奶辛苦一輩子，從沒享過福，這回多給她買些祭品。」

「那她活著時你為什麼不……」

兒子接著說：「到時候我也多給你買些紙錢！」

媽黯然流淚。

2.輕女

媽媽：「你姨媽又生了一個丫頭，現在女孩也太多啦！」

兒子：「那我叔叔和舅舅為啥還找不著對象呢？」

媽媽啞然。

3.教子

晚飯後，爸媽陪兒子複習功課。

「你考全班第一名，媽給你買高級旅遊鞋」

「你考全年級第一名，爸給你買數位相機。」

「那我考上大學呢！」

「你想要什麼？」

「我要寶馬。」

4.乞丐

一個長得秀氣的女孩在乞討。

「叔叔、伯伯給口飯吃吧，老家遭了災。」

「孩子，到俺工程隊來吧，給大夥蒸蒸飯。」

「我從小就沒有做飯的習慣！」

5.幫到底

一乞丐在大街上席地而坐，渾身凍得篩糠。

一男子脫下大衣：「兄弟，快穿上吧，這衣服我沒穿幾天。」

乞丐看了看：「新的？那你幫我賣了吧，我喜歡錢！」

6.愛

一富翁想找嬌妻，三個女人同時上門。

「你愛我什麼？」

「我愛你的別墅！」

「那你呢？」

「我愛你的賓士！」

「下一個？」

「我只愛你的錢！！」

富翁長歎。

7.節約

丈夫出差，妻戀戀不捨地說：「要是想我，就打電話、發簡訊。」

「那多浪費！還是看看別的女人吧。」

妻氣得流淚。

8.外行診所

兩人同去一診所就診，醫生頭也不抬。

「看什麼毛病？」

「前列腺增生。」

「到派出所，看看有沒有前科？」

「你看什麼？」

「頭疼，怕是腦膜炎！」

「到電腦維修公司，查查有沒有病毒。」

9.買菜

妻：「星期天我太忙，你去買菜。」

「買什麼？」

「隨便。」

中午丈夫空手而歸。妻怒：「菜呢？」

「沒有賣隨便的。」

妻哭笑不得。

10.買米

米店櫃檯內外。

「買米。」

「大米還是小米？」

「陪男人下酒的米。」

「那是花生米。」

「還有又白又香，老闆們都愛吃的米。」

「哦——小秘！這兒沒有。」

作者簡介

林寶玉

女，新西蘭奧克蘭大學應用語言研究所、懷卡脫大學東亞研究所碩士。曾任國文教師、國語日報寫作班教師、新西蘭電臺廣播員、新移民教育指導員、新西蘭華文作家協會副會長、會長。現任奧克蘭國際高中文學評論課程教師。

出版過《紐西蘭的漢語教育》（榮獲二〇〇一年海外華文著述學術論著獎第二名）臺灣世華出版社二〇〇一年四月版；《帆都小箚——生活在新西蘭》（榮獲二〇〇四年海外華文著述散文佳作獎）臺灣詩友月刊雜誌社，二〇〇四年六月版；《兒童故事選集》（膺選為新西蘭大、中小學中文教育輔助讀本）新西蘭，中文教師協會，二〇〇五年二月版；並有作品收入上海人民出版社的《世界華文女作家微型小說選》與臺灣唐山出版社出版的《世界華文女作家協會專刊》。

林寶玉移民紐西蘭近二十年，是紐西蘭著名的華文作家、漢學研究專家暨資深華文教師。她在漢學研究、文學創作與華文教育這三個領域，都頗有成績。

移民路

她，范芳，一對伶俐、乖巧姊弟的媽媽。

「為了給孩子一個快樂童年，無懼的生活環境，我們三個人，再度隨著貨櫃踏上了紐西蘭的土地。」一個萬里無雲、太陽恣意的在背上摩蹭的午後，咖啡館靠窗的座位，兩個女人漫無邊際的閒聊著。

「三個人？妳先生嗎？」晴文有些疑惑，但話到嘴邊又吞了回去。

「是啊！兩個孩子和我。」范芳似乎有什麼不便多說的隱情。

「這趟我們決定在紐西蘭長住下來，不走了。」啜了口咖啡，范方繼續說：「我們一家三口，曾經在紐西蘭住過三年。正當全家提出入籍紐西蘭的申請時，家母身體違和，因此舉家回流，沒想到這一晃就是五年。」

「要定居了，很好啊！孩子們應該很開心吧！聽說他們還要到中文學校來，繼續學習中文？」晴文驚詫於范芳異於有些父母，害怕孩子的英語基礎不夠，在當地學校跟不上進度，以致於下了飛機就收起中文書籍，專事英語學習的態度。

「華語是我們的母語，我擔心孩子將來無法和家中長輩溝通。」多平實的回答啊。

「確是真知灼見。對了！往後妳是專職寫作還是繼續搞編輯？」晴文關心的問。

「嗯，放下主編工作，彷彿離開相知多年的老友，心中有著萬般的不舍，如果可以，我還是希望繼續這份職業！」遲疑了一下，范芳道出了她的心聲。

「妳是搞文字工作的，以後在寫作上可以給我一些指點吧！」晴文興奮不已。「嗯，相互研究吧！」相對晴文的滿心歡喜，范芳顯然有點失落的樣子。

「范芳，最近忙些什麼呀！」在Shopping Mall晴文開門見山的問。

「有幾個洋人看了我網上介紹的水晶飾品，向我郵購，我去寄給他們。」范芳說。

「哇！不錯呀！做網路生意了？」

「靠這麼些人買點東西，交房租都不夠，沒法過活的！我還要到奧克蘭附近幾個跳蚤市場、北岸夜市、亞洲市場去找點商機。」彷佛生命的另一個春天即將登場，范芳懷著無限的希望，滿滿的期待。

「忙得過來嗎？」

「應該沒問題。嗯！前兩天我去應徵了老人院的工作，妳對這種工作瞭解嗎？」

「老人院？」不是說搞編輯嗎？怎麼又是生意，又是老人院？……晴文有些迷惑？

「是啊！伺候老人吃飯、陪他們聊聊天，天氣好的時候，扶他們到院子裡活動活動。」看來范芳很高興又找到了另一份收入。

「哇！有點像打雜？待遇如何？一周工作幾天？孩子照顧呢？」

「待遇？就算補貼補貼生活吧！只是孩子上下學接送，有點手忙腳亂。」范芳既要做孩子的守護神，為了新生活，還想獨力擎天，負擔整個家計。

一個坐慣辦公桌、身高一米五左右的小女人，為了孩子，為了立足他鄉，把自己扎扎實實的緊繃著。特別是她瞳孔裡散發出的灼灼光彩，充滿信心的眼神，讓周遭朋友無不對她肅然起敬，心生佩服。

「小朋友！阿姨來看你們囉！」有一天傍晚，晴文拎著熱騰騰的紅燒蒜蓉雞肉，找到范芳的租屋。

「阿姨！請進。媽媽不在家，到夜市擺攤子去了。」范芳的女兒掀開門簾，在門縫邊怯怯的說。

「小芹！妳來把雞肉拿進去，晚餐時吃。」

「阿姨！我們家吃素，不能吃雞肉。」

「唉唷！對不起，阿姨忘了。」晴文只想讓孩子們來個意外驚喜，一時間竟忘了范芳是個虔誠佛教徒。

「在紐西蘭上學開心吧！學校都適應了嗎？有沒有交到好朋友？」為表達歉意，晴文換個話題轉換一下氣氛。

「嗯，我剛來，不論亞洲人還是本地洋人，他們都已經有自己的group，所以我……」小芹支吾著。

「慢慢的妳就會跟他們成為好朋友了，不著急。」「好吧！阿姨先回去了，跟媽媽說我改天再來。」怕孩子尷尬，晴文趕緊告辭。

「嘿！妳有沒有聞到一股霉味！」才踏出門外，晴文老公就等不及的湊在她耳邊輕聲的說。

「母子三個人擠在這樣低矮簡單的地方，不但屋子有股發霉的味道，在微弱的燈光下，看起來更加黑黝黝，唉！」看了這一幕，再想想范芳的刻苦，晴文內心有點傷感。

「好累！」范芳說。

「怎麼回事？」

「工作、照顧小孩後，就很睏了，還要查字典、趕作業，好累！」停了一會兒，范芳懊喪的說：「我想憑我現在的英語，也許還沒法上學！？」

「妳去上學？」晴文瞪大眼注視這個艱毅卓絕的女強人。

「是啊！我原想趕緊拿個本地學歷、經歷，也許容易融入主流，好找事，所以我……」

「唉！妳真了不起。」晴文忍不住贊佩的說。

「可是我好像錯估了。生活裡每一步腳印，帶給我的，似乎只是對未來的茫然。」范芳忍住喉頭的哽咽。

終於，在楓紅的秋天，范方帶著一雙未成年兒女，黯然第離開了紐西蘭。

異鄉夢

當機場巴士駛近北岸大橋，天真的八歲兒子——阿勇，看到帆船塢裡大大小小的風帆時，好奇的大叫：「媽，好多帆船喔！」

「媽，大橋跟我們家鄉的不一樣嘜！」「好多金頭髮的人喔！妳看！那是不是書上看到的金龜車，好漂亮啊！」阿勇不斷的嘟噥著眼前異鄉的新鮮景象。

「媽，我們在這住，好不好？」孩子帶著試探的語氣，詢問阿香。

雖是初抵南半球，但林淑香失婚的鬱卒，早已被初春的姹紫嫣紅、開闊視野一掃而空。她，決心帶著兒子暫居「帆船之都」。

幾個月後——

「嗯！錢怎麼這麼不經花？」「如果繼續這樣的享受人間仙境，恐怕要坐吃山空了。」眼看著銀行帳單上的存款數字逐漸向個位數靠近，阿香開始意識到刀叉頂端所叉的是什麼【注】，「開門七件事」的嚴重性。

阿香打定主意：積極的四處找工作，以便維持生計。

「持觀光簽證，沒有居留權的人是不可以打工的。」不料，有朋友這樣說。

看來，阿香只能在紐西蘭奉獻她的財力，沒有賺錢的機會了，除非是，偷偷的打黑工。但黑工是不合法的「地下工作」，即使辛苦工作，也只能賺取微薄的收入。

為了能繼續在這樣「迦南美地」生活，一切也就只有忍了，阿香這樣想。

一天，下午茶時間，老闆說：「阿香啊！妳是不是要辦個工簽啊！」

「工簽？我可以辦嗎？怎麼辦的？要花多少錢？誰幫我辦啊？」阿香疑惑的連續問了幾個問題。

「如果妳想留下來工作，最好還是搞個工簽吧！」老闆接著說：「我可以幫忙妳辦。至於費用嘛，就工資裡慢慢扣吧！」

有了工簽，阿香心裡踏實多了，工作起來也就更賣力了。

中秋節傍晚，一起打工的女同事阿琴看到阿香日漸苗條的身影，心生憐憫的說：「阿香，一個女人家帶著孩子旅居國外，確實很辛苦，不想給孩子一個家嗎？」

想起當年那個負心郎的行徑，阿香鼻頭一酸，眼眶不自覺的紅了起來。

「唉！想又怎麼樣呢？我……」阿香欲言又止、無奈的說。

事隔半年——

下班時間，大夥兒正準備打卡，阿香喜孜孜的咬著阿琴耳朵，輕聲細語的說：「阿琴，明天妳可不可以陪我去一趟法院？」

「法院？怎麼了？」阿琴一臉慌張的問。

「我……和Kevin準備去公證結婚，妳去當我們的證婚人呀！」阿香詭譎的笑說。

「Kevin？那個年約六十開外，數年前喪妻後，一直鰥居未娶的紐西蘭人Kevin？」阿琴的杏眼圓睜、迷糊了半晌，才大夢初醒的回過神來。

「是啊！就是那個經常在英語上、生活上幫忙我，身強體健，讓不知道的人還以為他才五十歲左右的老鄰居啊！」阿香面帶緋紅的回答。

「恭喜！恭喜！相處大半年，終於看對眼，準備攜手共創美好未來了！真保密啊！」阿琴大叫。

「有了新歸宿，有居留權，妳就不必為簽證到期，出境的問題傷腦筋了。」阿琴為阿香享有正常工作權、生活安定而高興。

俗話說：「福無雙至。」正當阿香充滿希望的準備迎接新生活之際，當初看不見的語言、文化藩籬，竟悄悄的在這個家中築起。

「你怎麼跟以前判若兩人？一而再的抱怨，要求我這，詰問我那，我……」只會說簡單英語的阿香，骨鯁在喉似的，除了乾瞪眼，對於Kevin的要求，簡直是無言以對。

終於，阿香又一次帶著兒子「離家」而去了。

「妳每週回來跟我住幾天，我就撤銷告訴，否則我還是要告妳騙婚。」剛安頓好自己和兒子住的問題，就輾轉接到法院的「出庭」通知及Kevin語帶威脅的「團聚」信。

「既然我們格格不入，無法同在一個屋簷下長相廝守，就算了嘛，幹麼還拚了老命要我回去？」阿香淚眼婆娑的跟阿琴傾訴。

「……」阿琴暗自感歎：究竟是該安慰阿香，名為淑香，卻處處遇人不淑，碰到不知憐香惜玉的丈夫？還是責問阿香，是否騙婚？唉……

【注】：語出威廉・布洛思（William Burroughs）的小說。

迷思

無言獨上西樓，月如鉤。

——南唐・李後主

陳玟，人如其名。說起話來文謅謅、又帶點熱情活潑的樣子，使接觸過她的人，很難不跟她成為朋友。十多年前，在家鄉結束高等教育後，陳玟隻身帶著少女留洋的美夢，遠離塵囂來到地球的另一端——紐西蘭，開始她人生的另一里程碑。

一向擁抱世界、熱愛學習各種語言，也曾從事幼兒美語教學的陳玟，為了加強英語聽、說、讀、寫四項技巧，初來乍到，便一頭栽進洋人家庭（home-stay）、語言學校，繼續她的語言學習課程。

也許個性使然，也許環境配合，幾個月後，陳玟周圍儘是洋人朋友，張口閉口盡是英語，如魚得水，日子過得快樂極了。

生性樂善好施，又具備活潑的中、英雙語教學能力，因此，陳玟在南半球擔任起與原居地完全背道而馳的中文教學工作，求教學習的人，不計其數，特別是必須與華人交流的專業人士，更是排隊等候，希望成為她的入室弟子。年輕俊碩的Tony就是其中的一員。

這個與陳玟寄宿家庭熟稔的年輕人，在主人的的安排下，不久就「插隊」進入了學習行列，一週三次，興致勃勃的學習起華語、中華文化。

為了讓這些莘莘學子體驗華人生活，對我們的文化、習俗，有進一步的認識，陳玟安排各種戶外教學，例如：看華語電視、錄影帶、到華人餐館品嚐中國料理、接觸華人社交圈……。俗話說：「日久生情。」就這樣，陳玟與Tony攜手踏上紅毯，締結異國良緣。

對未來抱著美麗憧憬的陳玟，多麼期盼在與Tony結成連理後，不但有了遮風避雨的避風港，更想「早生貴子」，在這個幸福歸宿中加入「奇異王子」【注一】，生個金髮碧眼的兒子。歸寧時，給升級為外公外婆的父母，有個含飴弄孫的機會，也給自己下半生有個頤養天年的依靠。

有趣的是：這個「獨身」多年，過慣了「一人世界」的「奇異人」【注二】，還沒有妻子以外，迎接另一成員的心理準備。因此，經常如是說：「不急，等我們存夠了錢……」「等我們知道如何教育小孩……」「等我們……」「等我們……」，令即將接近高齡產婦的陳玟滿頭霧水，充滿迷惑。

「等這個等那個，再這樣等下去，我們還有機會生自己的孩子嗎？」有一天，陳玟終於按捺不住的問Tony。

「沒關係呀！很多人沒有孩子，日子還是過得很快樂啊！」Tony一派輕鬆、毫無猶疑的回答，顯然他一點也不瞭解陳玟「無後為大」的想法。

「你倒說得輕鬆，我們老了怎麼辦？」畢竟是中國人，陳玟想到的是養兒防老。

「老？將來不都有養老金、養老院，妳還怕沒得吃、沒得住？」又是一個洋人思維，沒有一點積穀防饑的憂患意識。

「唉！當真東方遇上西方時，就什麼都是這樣的奇異，這樣的無解？」陳玟陷入了迷思。

【注一】紐西蘭人自稱「kiwi」，中文諧音「奇異」。

【注二】奇異人亦即kiwi、紐西蘭人。

情斷異域

此情可待成追憶，只是當時已惘然。

——唐・李商隱

李達，一個偶然機會在超級市場認識的年輕朋友。由於具備相同的寫作興趣、文化、語言背景，雖然年紀相差甚遠，但很快的我們便成了忘年之交。我經常邀請李達帶著他的如花美眷，到家裡來喝下午茶。

「九九年初，為了實踐理想、完成心願，我和小苓漂洋過海來到白雲故鄉，準備在此開創新天地，發展新事業。」一個和暖的午後，李達訴說著當年的經歷。

「阿姨！雖然別人都稱讚我具備傑出的寫作技巧，作品令讀者不忍卒讀。但在英語系國家，靠寫中文稿維生，顯然是行不通的，您說是嗎？我想得另謀生路，才能活得下來。」李達略帶失望的問。

「我們的英語不好，想到P鎮去專心學點語言。」小苓接著說。

因此，禮貌但有點靦腆的大男孩——李達，又一次的，帶著老婆告別了奧克蘭，移居滿是金髮碧眼洋人的偏遠小鎮、學英語去了。

P 鎮是個美麗的淳樸小鎮，一望無際的綠野平疇間，除了洋人，少許毛利人外，幾乎見不到黑頭髮華人的身影。每天清晨，李達、小苓戴著晨曦踏出家門，竄進耳膜的是早起鳥兒的啁啾聲，舉目所見不是牛、羊，就是趕羊的村夫、村婦。而舌頭間迸出的除了「Hello」、「Morning」外，就只有打結了。

「這是什麼鬼地方，成天看不到一個人，無聊死了！」

剛開始，每天日出而作、日入而息，褪盡繁華、返璞歸真的鄉野生活，的確教來自熱鬧、個性外向活潑的小苓抱怨到幾乎崩潰的地步。

「嗨！小苓，我們今天去 Mary 家吃莎拉、BBQ，順便跟他們練練英語，怎麼樣？」

「小苓，動作得快點囉！Bob、John 還有 Kathy 就要來了，小點準備了吧？我這就去沖些香片、綠茶。」

「對了，順便邀幾個朋友來家裡嚐嚐我的拿手菜！」為了安撫嬌妻，也為了趕緊學好英語融入新生活，李達陪著小苓參加鎮上各式洋人活動、有時也邀請洋人朋友到家裡來喝喝中國茶、小酌一番。

不到一年功夫，小倆口跟鎮上老老少少、男男女女差不多都成了好朋友，英語交流的能力更是「士別三日，刮目相看」，溜極了。

「小苓，妳有精湛的『小源流』插花手藝，我也多少懂點種菜，妳看我們搞個園藝中心，怎麼樣？」過了一段「清閒」日子後，有一天，李達嘻皮笑臉、試探的徵詢妻子的意見。

「嗯！你真想試？」小苓不置可否的回答。

就這樣，李達開始老圃生涯，種種蔬菜、水果外，也學著經營花卉種植與銷售。

憑著中國人「業精於勤，荒於嬉」努力不懈苦幹的精神，生意越作越好，李達終於闖出一片天，遠近馳名，成為鎮上家喻戶曉的專業花農。而小苓的標緻容貌，更是驚豔小鎮，很多洋人都到「Li Da Garden」來買花了。

「阿姨、Michael 叔叔！最近忙嗎？我們在這兒已漸漸適應了，朋友們也都說我和小苓的英語進步很多，不久以後，也許就可以到奧克蘭找事做了。」

「對了！我們的花園搞得很好誒，有空請再到鄉下來走走吧！我們還學會了釀製紐西蘭有名的紅葡萄酒呢！」

兩、三年來，李達不論工作多忙，他總是不忘打個電話來，談談他的近況；或者三、兩個月，小倆口相偕到奧克蘭來閒話家常、買點家鄉口味回去打打牙祭，也請老外朋友嚐嚐別具滋味的中國飲食。

那天，跟往常一樣，李達提著自製可口的紅葡萄酒，外帶一大束美得教人窒息的各色玫瑰花，到奧克蘭來看我們。不同的是，這次還拎了個行李。

「李達，你來的正是時候，今天你Michael叔叔準備燒幾道客家小炒下酒呢！」「咦！小苓呢？」只顧招呼李達，差點忘了小苓。

「我們離婚了。」李達神情落寞的回答。

「什麼？究竟發生了什麼大事？來！來！快跟阿姨說。」簡直難以置信。

「三個月前，小苓認識了鎮上的一位白人律師，準備嫁給他，我勸解無效，只好簽字離婚囉！」對於李達的答案，我百思不解，怎會是這樣？

「那……農場、花園呢？」印象中，李達花園經營得很成功啊！

「農場、花園全賣了。按紐西蘭法律，錢一人一半，那位律師都幫忙處理完了。」李達語調低沉的說。

「那就先在這住下來，慢慢找個事重新開始吧！」我安慰這個傷心的年輕人。

「謝謝阿姨的好意，我已經買好去澳洲的機票，待會兒我就去機場。」男兒有淚不輕彈，李達幽幽的口氣，讓人直覺的感到他正強忍著內心的煎熬。

看著李達黯然離去的背影，腦海浮現出當年卿卿我我的恩愛小夫妻，為了學習英語，走進洋人世界，誰知，最後竟然迷失在洋人世界。

天倫夢絕

倚遍欄杆，只是無情緒！人何處？

——宋・李清照

1.

又是一年春暖花開祝福的季節，為了家長、孩子們探訪親友、旅遊方便，能夠趕在淡季票價時，歡喜、愉快的上路，輕鬆的雲遊四方，中文學校總是體貼的提前舉行結業典禮。

「老師……」嘈雜的聲浪中，稚嫩的聲音在身後響起。

「等一下，老師現在沒空。」當時正忙著整理典禮用獎品、獎狀的我，不假思索的順口回了孩子一句話。

「老師！……」時隔半個鐘頭左右，我的工作大致告一段落時，同樣的聲音再度出現耳畔，我敏感的回過頭。

「小齡？你怎麼還在這裡？沒跟班上同學一起到禮堂去，有事嗎？」我訝異的問一直站在我背後，等我處理完所有事宜的小朋友。

「老師，明天我們跟爸爸一起搭飛機回家鄉去。」小齡眼眶泛紅的低聲囁嚅著。

2.

數年前，當世界經濟一陣低迷，坊間彌漫著醫生孩子被綁架的恐懼，而父母又期盼他們的「心頭肉」能與一般孩子一樣，擁有屬於他們的歡樂童年之際，六歲的小齡和她的幾個兄弟姊妹們隨同父母一起移民紐西蘭，定居世外桃源。

移民蜜月期沒滿，在紐西蘭政府不承認原居地培訓資格的情況下，為免落入世俗所謂的「三坐」——坐吃山空、坐困愁城、坐以待斃，也為了家庭生計，小齡的爸爸忍痛暫時揮別妻兒，返回家鄉重操舊業，在那兒獨自拚搏奮鬥，換取妻兒們安全、穩定的生活。

相對的，沒有一家之主支撐的媽媽，為了幾個年幼心肝寶貝的新生活，也只好咬著牙、堅強的肩負起在陌生環境裡可能面臨的一切「新鮮事」，帶著老公的千叮嚀、萬囑咐，期待著老公半年一次的假期、團圓。

3.

「老師，我爸爸要來陪我們住，不再走了。喔！對了！我們還要換大房子誒！」有一天下課休息時間，一向喜歡在我座位旁跟我聊天、看我改作業的小齡，難掩心中喜悅、開心的說。

從小齡眉飛色舞的眼神中，我讀出了久不見父親孩子的快樂；我也從一個八、九歲始齔、垂髫幼童的稚語中，領悟出幼小心靈對天倫歡愉的嚮往。因此，聽完小齡天真爛漫的童言童語後，我很替她高興，也為她得償思父夙願感到安慰。

4.

某天中午吃飯時間，小齡一個人坐在自己座位上悶頭扒飯，異於以往邊吃飯、邊跟同學分享悲喜、嘰嘰喳喳說個不完的模樣，令我有點納悶。難道是最近跟著爸媽四處看房子，太累了。

「小齡，爸爸、媽媽找到新房子了嗎？準備搬到什麼地方呢？」我關心的問。

「老師，爸爸說工作忙，現在不能來陪我們住，所以我們不換新家了。」小齡神情失望的說。

「爸爸賺錢很辛苦，妳不會怪他，對吧！」我安慰小齡的說。

「爸爸已經這樣說過好幾次了！」「老師！是不是大人都喜歡不守信用？」小齡帶著疑惑的表情，委屈的問。

「……」一時間，我不知如何應對這樣純真、渴望天倫團聚的孩子。

「媽媽說爸爸不愛我們了。老師，那是真的嗎？爸爸沒有告訴我們呀？」見我沒回答，這個略顯無辜、懵懂的孩子繼續「考」我。

「……」真是棘手的話題，我該如何回答孩子。

5.

每年放假前夕，學校都會舉辦學生學習成果展覽，全校停課一天。這個時候，小朋友無不連蹦帶跳的牽著爺爺、奶奶，陪著爸爸、媽媽歡天喜地的穿梭在人叢中，欣賞他們自己使出十八般武藝完成的傑作跟各項表演。

這天我搜索了班上所有小朋友，唯獨不見小齡。

「黃安娜！小齡今天沒來嗎？她不是展覽了紙雕嗎？」我有點奇怪。

「老師！小齡的奶奶回家鄉去了，媽媽也不在家，沒人陪她來。」安娜說。

聽完小朋友的回答，我立時陷入了迷惘，決定走一趟小齡家。

「老師，媽媽到大鬍子叔叔家去住，奶奶先帶小妹回去，等學期結束，爸爸就來帶我和姊姊、弟弟回去跟漂亮阿姨住。」彷佛事不干己、敘述別人的事情似的，小齡粉飾太平的平靜、成熟的說話表情，令人看了鼻酸，也讓人心疼不已。

是誰說的「小別勝新婚」？是誰說的「患難見真情」？不到幾年光景，分隔兩地的恩愛夫妻竟至各有懷抱，美滿的家庭成員被迫各分西東。

作者簡介

林爽

女，原籍廣東省澄海市。一九九〇年自香港移居紐西蘭，終生熱愛教育事業，筆耕是她業餘愛好，環保是她關心課題。

現任奧克蘭各中、小學雙語教育顧問、紐西蘭中文先驅報「爽心悅目」版主、「華人社區服務中心」董事會成員、世界華文微型小說研討會理事。

著有《紐西蘭的原住民》（中文）一九九八年出版；《紐西蘭的活潑教育》（中／英）一九九九年出版；《語言交流園地的故事》（中／英）二〇〇〇年出版；《展翅奧克蘭》（中文）二〇〇一年出版；《兒童生活故事》（中／英）二〇〇一年出版；《紐西蘭名人傳》（中／英）二〇〇六年出版；《中國童詩披洋裝／林爽漢俳》二〇〇八年出版；微型小說集《遁世》二〇〇八年出版；《雲鄉龍裔毛利情》二〇一〇年出版。

情書

於輕柔微風中，南太平洋的初夏，又披上一身涼快輕紗，曳著姍姍蓮步飄然而至。

窗外，淡雲輕飄，柳枝飄蕩。什麼時候，月兒已悄悄爬上樹梢。依美臨風而立，於那一窗銀輝中，苦澀咀嚼著艾晴那紙情辭殷切的情書：「我恨透了她，恨她整天霸佔著妳，我恨妳們經常在一起……我曾熱切期待著，揚著翅兒的邱比特，將牠的箭不偏不倚的射中我，然後，又揚著翅兒去把妳帶來。於是妳就用那纖柔的手，輕輕撫慰我受傷的心靈，於是我就把那積壓在心靈深處的幽情，綿綿的、殷殷的，向妳傾訴……在那清幽雨晨，在那朦朧月裡……」

依美輕輕歎了一口氣，繼續往下看：「是誰說過，愛決不是一種外來的甜蜜，卻是一種需要忍耐與連續的苦惱。既然如此，我就學習忍耐。羅曼羅蘭說過：捨棄人生，捨棄真理，捨棄世界，捨棄邏輯，捨棄世界上的一切都可以，就只不能捨棄愛……因此，我絕不願捨棄對妳的這份感情，那怕這只是我單方面的，可我還是心甘情願，耐心的等待下去……」

依美又輕輕歎了口氣：「唉！艾晴，這究竟是怎麼回事！你這又何必？那想到，一個爽朗如大男孩的妳，心靈深處竟埋藏著如許危險火花，而火舌卻朝我蔓延著……唉！我只把妳當妹妹看待的啊！」

依美想起那年，與艾敏同是到奧克蘭大學的「新鮮人」，也都同住一宿舍。艾敏那時候還帶著比她慢五分鐘出生的妹妹艾晴一起來。姐妹倆雖是雙胞胎，可性格、外貌卻完全相反。艾敏溫文爾雅，說話很輕，體質也嬌弱；是個典型需要照顧的可人兒。艾晴卻是個不折不扣的男孩頭，蓄著齊耳短髮，說話嗓門大，性格開朗，好打不平。雖說是妹妹，卻凡事都愛做主張。姐妹到此留學，她照顧姐姐的機會可比姐姐照顧她更多點。

依美與艾敏性格與愛好相近，經常一起泡圖書館；加上同是念英國文學，話題更多。艾晴念土木工程，可卻對小說愛不釋手，尤其是流行的愛情小說更是如癡如迷；與她外表甚不協調。有回依美與艾敏同在圖書館做功課寫報告，艾晴不曉得什麼時候也去找資料，她遠遠看見姐姐與依美在一起，心裡頭滿不是滋味兒。她心不在焉，看著姐姐簡直有如仇人見面般，那眼神更是說不出的詭異；就像是艾敏搶了她心愛的東西一樣。依美發現她的出現，也感到一道寒光直透心窩，心理不禁浮起疑問。她本來想問身邊的艾敏，可看她聚精會神寫報告的樣子，就把話吞回肚裡。

往後的日子，依美發現艾晴常用冷冷的眼光盯著艾敏，不曉得她們姐妹間究竟發生了什麼事。一直到她接到艾晴那封措辭曖昧的「情書」後，她猛然明白過來。

中了流行愛情小說毒的艾晴，叫依美不寒而慄，感到一陣無奈！

夜已闌珊，懷著沉重的心情，依美把艾晴那封情書付諸一炬。

冷月此刻正高照樹梢，寒星斜睨著大地；朦朧月色裡，那堆火燼中，彷彿有雙詭異的眼神……

留學異國的寂寞歲月中，艾晴的不正常心理將如何發展？

依美拿起筆來，打算給她寫一封回絕信……她不願意在自己的筆記本上留下任何可怕回憶的檔案。

遁世

人的一生，總該有一段完全屬於自己的，與世無爭、安寧詳和又平靜的時光……

她默默獨坐海濱，雙眸如淡然寒星。她凝視遠方一望無際碧海青天，寧靜心湖如倘開明亮小窗；無絲毫愁緒，沒任何牽掛，甚麼也不用做，甚麼也不用想，只有自己淡淡而寧謐身影與呼吸。此刻，她靈魂長了翅，如翩翩舞於花叢的蝴蝶；如盈盈翱翔海面的海鷗。此刻，她思維浮了根，如斷線失控的風箏，自由自在的飛翔馳騁，塵俗的煩瑣與痛苦都暫時離她遠去……

她踽踽獨行，來到那個遠離塵囂的小島，尋找寧靜；只有影子伴隨著她。從清晨，到黃昏；在風裡，在雨中……

她暫時切斷世俗透不過氣的緊張日程，擺脫了別人豔羡的身份；卸下往日沉重的心靈包裹，盡情享受著自己安排的隱居生活；她從南半球飛越子午線，來到北半球。故意營造環境，掉換時空；轉移季節，作個遁世者。暫時做個與世無爭安謐寧靜的小島上一個沒有過去，也沒有未來的旅客。

她想起鄭板橋的道情：「那老漁翁，一釣竿，靠山崖，伴水灣；扁舟來往無牽絆，沙鷗點點清波遠，荻港蕭蕭白晝情。」那可真是與世無爭的至境啊！

如今她獨個兒來此並非垂釣，但覺人生如孤舟一葉，載著無形名利枷鎖；沉重得叫人無法喘息，恍如千萬縷絲愁，纏得人透不過氣；的確啊！「人生如浮蝣，繁華似春夢」；那死後帶不走的虛名與錢財，再多又如何？

遠處，山無盡，雲萬里；看海面那滿載風的船，滿載雨的帆，她多麼想自己能化做一葉扁舟；肆意在正常航道中出軌，她被迫做個家庭叛徒。除此，她無法解脫內心痛苦……

歸家路遠，千愁萬緒情何在？她無語問蒼天，可蒼天也無言！

是誰說過：人與自己最美的距離是對話。的確，此刻，除了她自己，還有誰與她分擔苦與樂？看天邊堆雲綿白，看海裡銀浪翻騰，她只能獨對蒼天暗淒涼！

那凡人的苦惱訴說不盡，問世人誰無痛苦傷心事？

她盡情享受著隱居情趣，她肆意釋放久囚靈魂的梏桎。

她獨自孤坐到殘日西沉，新月初升；遠處歸帆亮起點點漁火，小島又投進黃昏懷抱。她突然想起遠隔重洋的家，那裡，有她的至愛，也有她的痛苦……她多麼想投入家的懷抱！

於是她終於明白，隱居小島，逃離塵囂的自己，只不過是為了證明自己實在離不開家，那個曾經叫她歡笑、流淚、也讓她難得片刻安寧的地方。

她獨自孤坐到星疏月落，雙眸如秋水寒星，只聽那昏鴉歸林，宿鳥回巢；一彎殘月暗淡；伴著幾點夜星，對岸孤燈疏落；依稀照著歸途。

秋色已深，夜霧更濃，不如歸去，不如歸去！！

她內心深處，將永遠記住那段完全屬於自己的，與世無爭的，安寧詳和的遁世片刻……

她獲得「傑出婦女領袖獎」，頒獎典禮當天，也正是她十八歲獨生女兒因運毒被判坐牢五年的日子。

為了避開傳媒，她決定暫時遁世。

困獸

萬高把自己鎖在房間已經三天三夜了，地上躺的煙蒂少說也有三、四十個。打從七八歲開始，他就學會了抽煙。那時候，他全家還住在中國北方一個窮鄉僻壤，西洋香煙在那裡是鳳毛麟角，只偶爾有在同村的「番客」回鄉探親時才會帶來一兩包，視如貢品般珍貴，只給每家每戶發送那麼一支。萬高的爺爺煙癮大，每次抽完後都意猶未盡，只好自己再找劣質煙絲捲抽。萬高自幼看在眼裡，也好奇的偷偷學著抽煙。爺爺去世了，卻把這壞習慣留了給他。

一年前，萬高三兄妹跟父母來到小島國上一個人煙稀少的小鎮。別說黃皮膚黑眼睛的華人，就連高鼻金髮的老外也沒幾個。滿眼所見的都是棕黃黝黑的土著毛利人及太平洋島民，他們的英語口音就是有點不同洋人。

萬高和弟弟萬升，妹妹萬麗都被安排送到家附近的學校，萬高念高三，弟妹念初中。每天聽的都是奇怪的語言，對於從沒學過英語的他們；實在無所適從，心裡納悶又彆扭。

那天，早餐桌上，萬爸爸操著鄉下話在訓子女：「咱們好辛苦才移民到這，將來就指望你們了！」

「對啊，要不是同鄉何叔介紹爸來當中餐速食店廚師，我們怎能到這裡？你們兄妹真得用功啊！」萬媽媽也加入訓話。

「活見鬼，你們連中國字也不懂得幾個，就敢帶我們來這鬼地方？還指望我們什麼？」

萬高心裡暗暗罵著父母，要把半年來憋著的氣都給抖出來。

一陣電話鈴聲中斷了萬家的早飯，小麗趕緊去接聽。她是家裡唯一敢接聽電話的人，別看她才來半年，經過幾個月學習，英語倒說得挺溜的。她每天放學後還得到速食店去幫忙何叔接訂單，順便帶點麵、飯回家吃。

「媽，那是大哥的班主任來電，他問大哥幹嘛幾天沒上課？他還要你們給學校寫請假信啊！」

萬高聽說老師來電，心知不妙。馬上藉口自己不舒服，得請病假，就趕緊離開飯桌，躲到睡房去。

他從書包抽出香煙，邊抽邊想：自己每天上學有如鴨子聽雷，看著那些楔型文字，就眼花、頭大。老師講課固然不求甚解，給佈置的作業更是一頭霧水，索性不上學。父母每天從早到晚忙著速食店生意，這幾天，他等弟妹上學後就自己躲在房裡看租來的錄影帶，倒也稱心如意。那些成人電影裡男女主角的荒唐行為，讓快十七歲、血氣方剛的他，看得每寸肌膚都燃燒起青春怒火……

要是阿瑛在我身邊該多好……

想著鄉下的女朋友，萬高不由恨起父母帶他來這鬼地方！

下午放學時忽然狂風暴雨，萬麗因明天要交的作業留在家，只好先趕回去，打算完成後再到何叔店裡幫忙。走路回到家，全身給淋透。那含苞待放、日漸成熟的身軀在濕透的上衣下表露無遺。

看了大半天成人電影的萬高，正好從房間迎了出來。想起早上妹妹告發了他翹課的事，萬高心裡著實惱火。看到小麗放下書包到浴室洗澡時，他一時衝動就闖門進去……

有如一頭發瘋的困獸，他竟把妹妹當了電影中的女主角。

窗外閃著一道電光，接著一陣霹靂，掩蓋了小麗驚慌失措的反抗、尖叫哭聲。

頃刻間，狂風暴雨、雷霆萬鈞將萬家花園裡的嬌花，肆意摧殘得落紅片片……

這幾天，萬高有如一隻戰敗了的野獸，整天躲在房間抽煙、懺悔！

小麗從此變得沉默不語、落落寡歡。除了她和萬高，家裡沒人知道發生了什麼事！

出國夢

奧克蘭機場新安裝的巨型螢光幕上，不斷閃現著禁區內出關旅客的身影。迷途羔羊般的琳莉，一臉疲憊夾雜在人潮中。也難怪，頭一遭出門就在空中待了超過十個小時！她心如鹿撞，隨著人潮邊走邊想：「他會來接機嗎？」

一念及此，琳莉的臉不禁發燙；蒼白粉頰上飛起兩道紅霞。她在國內當了快十年護士，人長得還挺標緻的，就是有點兒內向害羞。標梅之年已過，卻連個合眼緣的也沒碰著。眼見姐妹們一個個先後當了人妻人母，心裡頭說不急是騙人的。月前，表哥忽然給她出了個主意，出國散散心。就這樣說定了，表哥跟移民局有點兒門路的朋友就給介紹了一個會漢語的老外接待她。琳莉的旅遊簽證不久就給批下了。

金髮碧眼高鼻子的女海關員，瞄著琳莉那頭烏黑閃亮如瀑布般長髮，以讚美眼神對她微笑道：「Welcome to New Zealand！」（歡迎到紐西蘭來。）

琳莉英語不靈，未能答腔，靦腆取回護照，匆匆離開關口。她手上就那麼兩個小型手提包，出了海關，無需認領寄艙行李；倒也省時省事。想起出國前夕，弟弟對她說：「姐，外國啥都有，還用張羅什麼！倒是將來帶『姐夫』回來，得給咱多帶點西洋名牌貨啊！哈哈！」想到這，琳莉臉上又是一陣發燙。渾然走出海關，腦海裡又浮現那個疑問：「他會來接機嗎？」

接機範圍前排右邊角落，一個洋漢子靜靜坐著，手上拿了個卡紙牌，上面寫了歪歪的幾個大字：「歡迎黃琳莉小姐」。

那字體有點兒像小學生手筆，可在琳莉眼中，卻有如救生圈般親切可愛。她眼前一亮，再往持牌人身上打量：一個滿臉鬍鬚的中年洋漢，一件半新不舊黑色牛仔布外套，一對染滿泥巴運動鞋。琳莉的心忽地涼了半截。正想著，一句生硬普通話自那洋漢口裡溜出：「黃小姐，歡迎！我叫麥克，是妳表哥的表朋友。」

琳莉心裡頭正嘰咕，什麼叫表朋友！？

麥克緊接打了個哈哈解釋：「表朋友嘛，就是朋友的朋友啊。」

麥克那副滑稽模樣，琳莉看了還真想笑出來。可回心一想，頭一遭見人家，怎能失態？跟著麥克走出機場，來到停車坪，上了一輛黑色小豐田。十二月是奧克蘭夏天，中午氣溫雖不過攝氏二十六、七度，可滿蓋灰塵的車廂卻如烤爐，麥克忙不迭搖下車窗，請琳莉入座。半小時後，麥克把車子停在一綠蔭夾道車徑上。花木扶疏平房中，走出一名七、八十洋老頭；頂著個牛山濯濯禿頭；右腳瘸，扶拐杖；笑意吟吟說：「Welcome。」

「這是我叔父德威，以後妳就在這住下。」麥克朝琳莉說。

「在這兒住下？」琳莉那雙一夜沒好睡的失神大眸子，充滿疑惑。

「是的，妳還得盡快與德威辦理結婚手續，否則旅遊簽證過期無效，妳表哥就前功盡費了……」

此刻，琳莉的臉顯得更蒼白，雙眸更失神、無助……

那個情人節

情人節當天清早，妻子對他說：

「今晚我公司有重要會議開，不能與你慶祝。但我已經安排了一個女人陪你吃飯，再看場電影。那個女人她呀，一直很想見你的啊！」

妻子神秘地笑著，給他遞上一個紫色信封，裡頭放著兩張餐券及兩張電影票。

對於妻子的安排，他目瞪口呆，疑惑、好奇更無奈！

下班後，他依照餐券上的地址，開車到餐廳去，卻是以前那女人常與他用餐的那一家。

女人早就到了，選了一張靠窗的桌子，靜靜在等著他。

看得出，她是刻意打扮過的。那套裝，款式雖有點過時，卻很合身；臉上施了脂粉，清淡而素雅。一看見他，女人笑得花樣燦爛。迎上去，親熱挽著他的手，淚花閃爍於眼角；溫柔端詳著他說：「很久沒見面了，你還好嗎？」

「還好！怎麼會是妳！」

他意外又慚愧，心裡頭不曉得是怨？還是悔？忙把視線轉移到侍者遞來的菜單上。

「要吃點什麼？」他低頭問她。

「以前總是我給你點的菜，現在，該輪到你給我點了吧！」女人瞇著眼，調皮笑著說。他瞟了她一眼，無意中看到她眼角的魚尾紋。

歲月無情啊！畢竟已經二十年了。

那天晚上回到家，妻子問他：「那頓飯吃得香吧？電影好看嗎？」

他內疚地回答：「不錯！我們吃得挺開心，電影也看得挺溫馨。」

一個風雨交加的黃昏，他接到醫院電話，要他趕去看那女人最後一面。他匆匆趕到醫院，女人的心已經停止了跳動。護士忽然交給他一個紅色信封。

他打開一看，裡面放著兩張似曾相識的餐券，還有一張字條寫著：

> 謝謝她在今年情人節請客的那頓晚飯，她真是個好妻子。
>
> 為了向你們道歉，我就預請你們倆明年共度一個愉快的情人節吧！
>
> ——永遠愛你的人。

他雙眼模糊，望出窗外，但見英雄樹在風雨中垂淚……

二十年前，因寡母反對他與妻子結婚，母子發生口角後；他憤然離家。

從此就再沒見面，直到那個情人節……

中國通警官

奇異市的多元文化節，舞臺上正表演中國民族舞蹈。安祖坐在前排嘉賓座上，目不轉睛盯著舞蹈員優美而精彩的演出，特別欣賞前排右邊的那位演員——她體態優美，舞姿嫻熟，氣質獨特，舉止高雅，名叫夢蘭，芳齡不過三十，是來自中國的舞蹈團導師。

近年奇異市華人移民激增，農曆年、中秋節、端午節等等，都在異域番邦照樣慶祝得火紅熱鬧。安祖經常被邀作上賓。為更瞭解華人習俗，他特地拜了位中國老師學書法，畫國畫，「中國通警官」美名不徑而走。

安祖年近不惑，魁梧酷俊；是蘇格蘭與毛利裔混血兒，祖先幾代都住奇異國。從小對中國文化歷史興趣濃厚，大學時候還選修過漢語，後來考獲獎學金到中國某大學深造。畢業回來後就考上員警，被派在華人聚居的奇異市工作。由於通曉漢語，很快被調升專門負責亞洲移民保安部，同事皆羨慕此單身貴族警官；因他身邊多的是金髮碧眼白皮膚的洋妞，可他偏偏對中國女孩情有獨鍾。年前雖與明眸皓齒的毛利女同事姬絲同居，可心坎裡總想交個漂亮中國女孩。

舞臺上，夢蘭一雙盈盈秋水，隨著美妙舞姿，不時往臺下傳情送意，安祖心猿意馬看得著了迷；暗暗讚歎：「嘿！巧笑倩兮，正合我意！」

一陣熱烈掌聲喚醒遐思中安祖，那場舞蹈是壓軸好戲，觀眾意猶未盡；「安可」掌聲不斷絕於耳。夢蘭帶著團員一再向臺下甜笑謝幕，一雙媚眼有意無意飄向安祖。安祖彷彿中了魔，眼睛如蟻附膻，久久停留在她身上不願離去。節目完畢後，特地跑到後臺探班，一口漂亮漢語迷住夢蘭。兩人相逢恨晚，火速成了蜜友。

姬絲多次於深夜接獲嬌嗲女聲電話，操著破英語找安祖；發覺事有蹊蹺，芳心不禁黯然。深知安祖熱衷中華文化，自問非他理想伴侶，含淚悄然引退；成全一對異國情鴛，但與安祖仍保持普通友誼。

奇異市警方極需精通華語女警應付急增華人移民，中文拼音與毛利語發音相近，姬絲決定潛心學習。安祖建議她找個說漢語男友。夢蘭說她有個表哥魏華，在國內某外貿公司當翻譯，帥俊健碩；正好介紹給她。夢蘭與安祖蜜月回老家，姬絲到機場送行；大方祝福有情人終成美眷。

「中國通警官」蜜月歸來不久，魏華也獲批准來奇異市觀光，認識了姬絲。從此以英語教授姬絲漢語，姬絲聰慧，進步神速。三個月旅遊簽證期滿，魏華回國後與姬絲仍「依美兒」不斷，中文拼音加英語，網上情書天天無間，造就了另一段異國情緣。半年後，魏華再訪姬絲，兩人並賦同居。

只是，不久坊間傳聞：夢蘭婚後不久即下堂求去，魏華也撇掉姬絲；兩人雙雙移居袋鼠國。安祖染上酗酒壞習，某次深夜辦案，出了車禍，患上了「失憶症」。

自此，華社慶典再不見「中國通警官」身影。

龍騰旅遊團

龍騰旅遊觀光團一行三十人，男女各半，乘搭「神州民航」到達了奧克蘭機場，才是早上七時多。過海關檢查前，初入行的領隊小楊，滿臉緊張對各團員們宣佈：「各位入鄉請隨俗，千萬別在海關範圍內高談闊論；此間到處是地毯，也請莫隨地放飛劍；更請留意，莫在禁煙區內吞雲吐霧，免被罰款……」小楊的大喇叭聲音，引來不少其他旅客側眼。

年近花甲，肥頭大耳的團員老古，首先低聲嘀咕起來：「嘿！有啥了不起？老子出外旅遊，花錢買開心，幹嗎這樣不許，那樣不行？」

「可不是，活見他鬼的！咱出來開眼界的，這不能，那不准，還有啥興趣？」五十出頭，卻大花大草，搽紅抹綠過了頭的古太太和應丈夫。

龍騰旅遊觀光團大部份成員都出了海關，就是不見老古夫婦倆。團員們正交頭接耳咕嘀著，忽見一名金髮碧眼女海關員，走到領隊小楊面前；與他一連串嘰哩咕嚕對話後，小楊才告訴團員們。原來老古夫婦從北京帶了幾顆心愛水蜜桃兒，想在飛機上吃。誰知道上機後一直忙著看電影，蜜桃兒給忘了。入境海關時，除被沒收外，還被扣留罰款。老古夫婦英語不靈，無法溝通；海關員好不容易才找到領隊小楊解決。

擾嚷了好一陣子，才出了機場。小楊著團員們登上預先安排好的旅遊車，預備到市中心觀光去。大夥兒於是爭先恐後、蜂擁而上。結果竟把其中一名行動不大方便的老太太給推倒，撞到車窗玻璃上。老太太傷了頭部，還流著血。小楊出師不利見了紅，馬上送傷者到附近急救診所就醫。臨走前，他斬釘截鐵吩咐其他團員們稍安勿躁，都得安靜在旅遊車上等他。幸好還不過早上八點，大部份團員都因中國比紐西蘭慢五個小時，昨天夜裡在機上又沒頓好睡，於是紛紛找周公聊天去了。

急救診所成了龍騰旅遊團觀光景點第一站，接著是到奧市「清泉公園」觀賞野鴨群。團員們對於那裡成群結隊的肥大野鴨，有的追著遊人要麵包、有的悠閒自在漫遊湖中，無不嘖嘖稱奇；驚歎西方國家的鴨子真好福氣。可團員中兩名來自鄉下的村長，看見野鴨如此肥壯，早已垂涎三尺。

晚上，領隊小楊正想舒口氣，早點休息。怎知旅遊團下塌的汽車旅店外，突然來了輛警車。旅店主人帶來了一名警員，說是有人看見該團兩名團員在離開「清泉公園」時暗中捉走了一隻大野鴨。結果，小楊以偷鴨團員「不知者不罪」向警員求情。結果以罰款了事，但那數目卻足夠買十隻烤鴨。

翌日，龍騰旅遊團打算離開汽車旅店。領隊小楊結賬後，店主人到房間查看，卻發覺大部份房間內的浴巾、毛巾都不翼而飛，結果，客人被要求多交浴巾、毛巾費。

龍騰旅遊團初到民主國家觀光，團員入鄉不問禁，一人受傷、多人遭罰款；遊興大減。乘興而來，敗興而返。而領隊小楊從此也改了行。

謝天的跑車夢

辦理留學的仲介把謝天帶到一家姓史密夫的家庭去寄住，在哪裡，謝天認識了何聰。

「嘿！真巧，我也是剛從廣州市到來留學的。目前在語言學校念，考過雅思後再說。」何聰爽朗地自我介紹。他比謝天大兩歲，今年十九。

「你會開車吧？」謝天劈頭就問何聰。他向來就是個急性子。

「唔，我爸在國內是開修車行的，我有國際駕駛執照，可惜還沒錢買汽車。」

「這下可好啦，我打算買輛跑車，你就當我司機吧！」謝天父親是國內高幹，從小就養成一副紈褲子弟的口吻。接著說：「我也得先學好語言，再作打算。說定了；明天哥兒倆就看車去。」

沒出國前，謝天聽說紐西蘭的交通法例規定，滿十五歲就能學開車。這下跑車迷的他可樂囉！一下飛機，腳還未站穩，就發跑車夢。想到出國留學主要目的是能當車主，剛滿十七的他已飄飄然！

當晚夜裡，可能是時差，也可能是太興奮吧，謝天一直無法入睡。

就把藏在鞋盒子的八萬塊美金拿出來，數了又數。父親的話又在他耳邊響起：「就帶著這鞋盒子，人家不懷疑，你自己心裡明白，小心就是。」頓了頓，又說：「這十萬美金，也夠你兩年學費及生活費吧，萬一不夠再給我電話。無論如何就念好英語；回來光宗耀祖。」

「還回來？你不是說咱將來也要申請出去嗎？」謝天的媽白了丈夫一眼說。

「四萬八紐幣，折合人民幣是多少啊？哎呀！一點兒也不貴嘛。」

謝天朝著那輛紅色跑車看了又看，摸了又摸，愛不釋手地對身邊的何聰說。

說著，手往背包裡的鞋盒一伸，掏出一迭全新鈔票，就往車行經紀手裡塞。又將何聰一把按到司機位上，自己再跳上旁邊座位，著他試車去。

何聰來不及說話，謝天已將車鑰塞進他手裡；看他那副猴急性子，經紀就想笑。人家是試完車才付全部價錢，可奈何？他老子有錢啊！

第二天清早，由何聰當司機，兩人就上學去。謝天根本不懂開車，只在國內買了個執照，如今他的跑車美夢已成真了！

一天黃昏，史密夫太太下班回家，嚇了一大跳。只見她鄰居的籬笆支離破碎得不象樣，門外停著輛警車。

「我不曉得這名留學生有個裝滿鈔票的鞋盒子，更不知道他買了車；只是最近經常看到門外停著輛紅色跑車。」謝天被控上法庭，史密夫太太在庭上作供。

謝天為替老爸洗黑錢，花了十多萬人民幣買來的跑車，不到一星期就成了廢鐵一堆；還因擋風玻璃刺進左眼，成了獨眼龍。

語言文學類　PG0651

兩只指環的愛情
——大洋洲華文微型小說選·紐西蘭篇

編　　者／凌鼎年
責任編輯／林泰宏
圖文排版／陳宛鈴
封面設計／王嵩賀

發 行 人／宋政坤
法律顧問／毛國樑　律師
印製出版／秀威資訊科技股份有限公司
114台北市內湖區瑞光路76巷65號1樓
電話：+886-2-2796-3638　傳真：+886-2-2796-1377
http://www.showwe.com.tw
劃撥帳號／19563868　戶名：秀威資訊科技股份有限公司
讀者服務信箱：service@showwe.com.tw
展售門市／國家書店（松江門市）
104台北市中山區松江路209號1樓
電話：+886-2-2518-0207　傳真：+886-2-2518-0778
網路訂購／秀威網路書店：http://www.bodbooks.com.tw
國家網路書店：http://www.govbooks.com.tw
圖書經銷／紅螞蟻圖書有限公司
114台北市內湖區舊宗路二段121巷28、32號4樓
電話：+886-2-2795-3656　傳真：+886-2-2795-4100

2011年11月BOD一版
定價：250元

國家圖書館出版品預行編目

兩只指環的愛情 : 大洋洲華文微型小說選. 紐西蘭篇 / 凌鼎年主編. -- 一版. -- 臺北市 : 秀威資訊科技, 2011.11
面； 公分. -- (語言文學類 ; PG0651)
BOD版
ISBN 978-986-221-845-7(平裝)

857.61 100018731

讀者回函卡

感謝您購買本書，為提升服務品質，請填妥以下資料，將讀者回函卡直接寄回或傳真本公司，收到您的寶貴意見後，我們會收藏記錄及檢討，謝謝！

如您需要了解本公司最新出版書目、購書優惠或企劃活動，歡迎您上網查詢或下載相關資料：http:// www.showwe.com.tw

您購買的書名：______________________________

出生日期：________年________月________日

學歷：□高中（含）以下　□大專　□研究所（含）以上

職業：□製造業　□金融業　□資訊業　□軍警　□傳播業　□自由業

□服務業　□公務員　□教職　□學生　□家管　□其它_____

購書地點：□網路書店　□實體書店　□書展　□郵購　□贈閱　□其他

您從何得知本書的消息？

□網路書店　□實體書店　□網路搜尋　□電子報　□書訊　□雜誌

□傳播媒體　□親友推薦　□網站推薦　□部落格　□其他__________

您對本書的評價：（請填代號　1.非常滿意　2.滿意　3.尚可　4.再改進）

封面設計____　版面編排____　內容____　文／譯筆____　價格____

讀完書後您覺得：

□很有收穫　□有收穫　□收穫不多　□沒收穫

對我們的建議：______________________________

____

____

____

請貼
郵票

11466
台北市內湖區瑞光路 76 巷 65 號 1 樓
秀威資訊科技股份有限公司 收
BOD 數位出版事業部

（請沿線對折寄回，謝謝！）

姓　名：__________ 年齡：______ 性別：□女 □男

郵遞區號：□□□□□

地　址：__________

聯絡電話：(日) __________ (夜) __________

E-mail：__________